다시 쓰는 반려일기

다시 쓰는 반려일기

초판 1쇄 인쇄 2021년 12월 24일
초판 1쇄 발행 2021년 12월 31일

지은이 **도란**
펴낸이 **우세웅**
책임편집 **한희진**
기획편집 **윤구영 김은지**
콘텐츠기획·홍보 **전다솔**
북디자인 **이선영**

종이 **엔페이퍼**
인쇄 **㈜다온피앤피**

펴낸곳 **슬로디미디어그룹**
신고번호 **제25100-2017-000035호**
신고연월일 **2017년 6월 13일**
주소 **서울특별시 마포구 월드컵북로 400, 상암동 서울산업진흥원(문화콘텐츠센터) 5층 22호**
전화 **02)493-7780**
팩스 **0303)3442-7780**
전자우편 **slody925@gmail.com(원고투고·사업제휴)**
홈페이지 **slodymedia.modoo.at**
블로그 **slodymedia.xyz**
페이스북,인스타그램 **slodymedia**

ISBN 979-11-6785-052-2(03810)

다시 쓰는 반려일기

펫로스에서
벗어나
다시 시작하는
너와의 사계절

도란 지음

SEOLREM
설렘

사랑하는 강아지

흔한 욕 중에 '개새끼'라는 말이 있다. 욕이 주는 불쾌함과 더불어 애정 어린 존재가 욕으로 전락하는 데 매운 마음이 들곤 했다. 내가 알기로 개새끼는 개의 새끼, 우리가 아끼며 키우는 강아지이다. 나는 강아지를 소중히 여기며 키우는데, 어째서 이 어여쁜 생명체가 욕을 먹어야 할까. 그렇다고 누가 "개새끼야!"라고 욕하는 것을 두고 "강아지야!"로 고쳐 말해 달라 주장하기도 어렵지 않나.

그런데 얼마 전 책을 읽다 알게 된 사실이 있다. 개새끼란 욕은 개의 새끼가 아니라는 거다. 국립국어원 홈페이지에서 찾아보니 개의 새끼를 뜻하는 개새끼는 개와 새끼를 띄어쓰기하거나 강아지라는 표현을 써야 한단다. 접두사 개-를 붙이는 수도 있지만, 개새끼가 일반적인 표현은 아니라며 참고삼아 간단한 어원이 설명돼 있었다.

아, 이 홀가분한 기분이란. 내 소중한 반려동물이 욕의 존재가 아니라는 기쁨에 여기저기 떠들고 다녔다. 내 기분과 기쁨에 취해 떠들고 다녔지만 사실 나는 알고 있다. 누군가는 그까짓 게 뭐라고, 그야말로 개새끼가 대수냐고 말하는 것을 말이다. 요즘은 개가 사람보다 대접받는 시대라고 비아냥대는 사람도 있다. 개를 사람과 동등한 가족 구성원으로 여기는 것을 비웃기도 한다.

그런데 실은 대수였다. 강아지는 대수였다.

그 작은 생명체는 반려인의 삶을 발칵 뒤집는 존재다.

강아지가 너무 보고 싶어서 집까지 뛰어가게 만들고 외출시간을 획기적으로 줄여버린다. 여가를 온통 강아지에게 내어주는 것은 물론 지갑을 털어 건강하게 키우느라 애를 쓴다. 말 한마디 통하지 않지만 서로의 의사를 알아채는 신기한 소통에 푹 빠져버린다. 사람보다 조금 높은 체온에 파묻혀 안정감을 얻는다.

그리고 강아지가 세상을 떠나면 병이 난다. 이른바 펫로스 증후군이다.

존재의 차이로 태어날 때부터 사람보다 먼저 떠날 수밖에 없는 수명을 가진 개인데 도무지 인정하기 어렵다. 사실을 인정한 다음에도 칠흑 같은 우울에서 빠져나오는 게 거의 불가능하다. 이토록 감정을 휘두르는 존재가 대수가 아니면 무엇이 대수일까.

다른 개가 낳아준 새끼.

욕이 아니라 진정 내가 사랑하는 어떤 개의 아기.

나이를 먹어 노견이 돼도 내게는 끝까지 어린 강아지.

나는 사랑하는 강아지 여름이를 잃고 긴 우울과 슬픔의 펫로스 증후군을 경험했다. 다시 다른 개의 새끼인 모카를 키우며 펫로스 증후군을 매듭지었다. 그 시간은 무려 15년이었다.

다시 시작한 반려생활은 변함이 없었다. 사람보다 먼저 떠날 수밖에 없는 존재와의 동거, 집에 있는 강아지가 보고 싶어 늘 일찍 귀가하는 일상, 따끈한 체온에 푹 빠져 함께 뒹굴거리는 반려생활. 다만 다른 점이 있다면 다시 시작한 반려생활에서 모카와 나는 함께 성장했고, 펫로스 증후군이라는 어려움을 이겨내며 어제보다 성숙한 오늘을 맞이한다는 점이다.

그리고 언젠가 다시 펫로스 증후군을 앓게 될 미래가 남아있다.

어쩌면 끝나지 않을 나의 펫로스 증후군. 그 시작과 영겁의 사랑을 이야기하고자 한다.

차례

PART 1

너를 만나 행복한 반려인이 되었어

PART 2

울고 웃으며 우리는 함께 자랐어

PART 3

우리가 언젠가 이별한다면

PART
1

너를 만나 행복한 반려인이 되었어

펫로스 증후군에서 살아남는 법

죽음의 망각으로 시작한 반려생활

결혼 준비 과정에서 싸움 한번 없었던 우리 부부가 5년간 합의점을 찾지 못한 부분이 딱 하나 있었는데 바로 반려견이었다. 나와 남편은 둘 다 개를 아주 좋아해서 결혼하면 꼭 개 한 마리를 기르자고 수없이 약속했다.

결혼생활을 상상할 때 널찍한 소파 위에 얌전한 개가 한 마리 앉아 꼬리를 살랑살랑 흔들고, 예쁜 그릇에 고소한 냄새가 나는 사료를 담아주면 눈을 반짝이며 달려와 아작아작 씹는 장면이라든가 잔디밭 위에 피크닉 용품을 펼쳐두고 그 앞에서 개와 남편이 원반던지기를 하며 노는 장면이 있었다. 그 평화와 풍요의 풍경. 아이가 아닌 개가 있는 풍경을 상상한 걸 보면 무의식이 내게 반려생활을 점지해준 게 아닌가 싶다.

이렇듯 개를 키우는 미래를 그리며 설렜던 만큼 남편은 결혼하자마자 약속이행을 요구했다. 이제 결혼했으니 개를 키우자며 당장이라도 지갑을 들고 어디든 가서 개를 데려올 준비태세를 갖췄다(말은 이렇게 썼지만 우리는 펫숍에서 강아지를 산 적이 없다). 그렇게 입에 '멍멍이' 소리를 달고 사는 남편을 보면서도 5년간 약속이 지켜지지 않은 이유는 나의 트라우마 때문이었다.

내가 유치원에 다닐 때부터 본가에서는 항상 개를 키웠다. 생애 첫 반려견 아심이, 부모님 지인에게 입양한 흰둥이, 임시 보호를 맡았던 초롱이, 길에서 데려온 유기견 짐보 등 많은 개가 우리 집에서 살았는데 가장 마지막에 키운 개는 여름이었다.

다른 개들은 성견으로 왔다면 여름이는 태어난 지 한 달 만에 우리 집에 온 갓난쟁이였다. 그동안의 반려견들은 성견으로 우리 집에 와서 마당에서 살았기 때문에 전혀 몰랐던 개의 성장 과정을 여름이를 통해 하나씩 알게 됐다. 개도 사람처럼 이갈이를 하고 배변을 '훈련'한다는 점, 사람이 먹는 음식이라고 아무거나 입에 넣으면 안 되고 사람처럼 예방접종을 한다는 것. 잘 때는 꼭 내 방으로 찾아와 내 팔을 베고 한 이불을 덮고 잤고, 아침이면 나와 함께 일어나 펄쩍펄쩍 뛰며 하루를 시작했다. 모든 게 생소했고 즐거웠다.

하지만 여름이와의 인연은 그리 길지 않았다. 여름이가 우리 집에 온 지 1년 반쯤 지난 무렵이었다. 조끼 형태의 목줄을 착용하고 바깥 구경을 나온 여름이는 신나서 날뛰었고, 그만 줄이 끊어지고 말았다. 조끼에서 줄이 떨어져 나갈 때 우리는 하필 횡단보도 앞에 서 있었다. 흥분했던 여름이는 차도로 뛰어나갔다. 그 아찔했던 몇 초는 지금도 내 눈앞에 필름을 아주 느리게 감듯 선명하고 천천히 펼쳐진다. 그 뒤를 따라가며 목격한 것은 달려오던 택시에 부딪혀 공중에 붕 뜨던 여름이의 마지막 생명이었다.

여름이가 무지개다리를 건너는 데는 1초 정도밖에 걸리지 않았다. 여름이를 따라 차도에 뛰어들었지만 나는 살아남았다. 여름이를 들어 올렸을 땐 이미 사후강직이 시작되고 있었다. 자동차 경적이 귓가에 왱왱 울려왔다. 아무것도 보이지도 들리지도 않았다. 뻣뻣해지는 여름이를 안고 집 앞 동물병원으로 달렸다. 내 다리가 이렇게 무거웠던가, 이토록 느렸던가. 현실 속 너무나 비현실적으로 찾아온 인생 최대 사고였다.

그렇게 여름이를 잃었다. 숱한 눈물을 흘렸고 시간이 흐를수록 추억은 흐릿해졌다. 그런데 수년의 세월이 흘러도 한 번씩 여름이의 사진을 목격하거나 강아지를 잃은 사연을 접하면 반사작용처럼 눈물이 흘렀다. 슬프다거나 가슴이 아프다는 감정을 인지하기도 전에 울음이 치밀어올랐다.

상실감은 시간이 지나면서 조금씩 나아질 줄 알았건만 15년이 되도록 달라지지 않았다. 어린 여름이를 떠나보낸 부채감과 죄책감은 애초에 자존감이 높지 않은 나를 한없이 나쁘고 무책임한 인간으로 가뒀다.

'내가 여름이를 데리고 나가지 않았더라면?'

'애초에 내가 키우지 않았더라면.'

무수한 '만약'이 나를 괴롭혔고, 종종 여름이는 꿈속에 등장해 평소처럼 애교를 떨었다. 그 지독한 세월이 '펫로스 증후군'이라는 인지조차 못 한 채 나는 15년을 살았다.

여름이가 떠나고 15년쯤 지난 시점은 남편과 결혼한 지 어느덧 5년 정도 지난 무렵이었다. 해결되지 않은 펫로스 증후군을 껴안고 한동안 '결혼하면 개를 키우자.', '우리 집에 개가 한 마리 있으면 좋겠다.'라고 중얼거린 나는 얼마나 둔했던 걸까. 여름이를 떠나보낸 우울감과 상실감에 손도 대지 못한 채 스스로 '이제 괜찮아질 때가 됐는데 왜 이래?'라며 채찍질한 시절이었다.

곁을 내어줬던 동물의 죽음, 가족과 다를 바 없는 존재의 죽음은 살아남은 자를 옭아맨다. 한없이 선량한 동물의 눈길과 행동을 더는 볼 수 없음에 가슴을 짓이기는 상실감을 경험하고, 어떤 개를 키우든 나보다 앞서 떠나게 되는 수명의 이치에 절망하고야 만다.

나는 가끔 남편에게 "당신보다 딱 3일만 더 살고 싶다."라고 말한다. 남편이 사망하면 장례를 치러주고 떠나겠다는 심산이다. 남편 장례까지는 신경 쓰지만 내 장례야 될 대로 되라는 식이니 얼핏 모순처럼 보인다. 그러면서도 어렴풋이 내가 죽음을 회피하고 있다는 자각이 들었다. 남편이 나 없이 홀로 사는 것이 안타까워 싫으면서도, 그보다 더 솔직하게는 소중한 이의 부재로 인한 상실감을 견디며 살아갈 자신이 없는 것이다. 상상 속에서 남편의 부재를 견딜 도량은 장례를 치르는 고작 3일뿐이다.

그런 연유로 여름이를 잃고 15년간 아파하며 반사작용처럼 울던 나는 결혼 전 '개 한 마리 꼭 키우자.'던 남편과의 약속을 피했는지도 모른다.

언젠가 나를 앞서 떠나갈 개 한 마리, 다시금 내게 상실과 슬픔을 떠넘길 존재.

다시 개를 키울 수 있을까.

잊을 수 없는 반려동물의 죽음, 그리고 죽음이 주는 공포와 우울감을 15년간 앓았던 나. 죽음을 잊지 못한다면 혹은 인정하지 못한다면 결코 새 생명을 받아들일 수 없는 구멍 난 인생.

긴 세월 펫로스 증후군에 빠져 허우적거렸다는 사실을 아프게 인정할 수밖에 없던 시점에서 남편과 지인들은 내게 힘이 되는 말을 건넸다.

"개는 우리보다 빨리 죽겠지만 건강하게 살다 간다면 개 입장에선 천수를 누리다 가는 거야."

"언니, 나는 키우던 개가 무지개다리를 건넜지만 후회하지 않아. 함께 사는 동안 정말 행복했으니까."

"키우는 동안 충분히 사랑해주고 아껴준다면 그 죽음이 꼭 상처는 아닐 수 있어."

"요즘은 사료도 좋고 병원도 정기적으로 다녀서 개들이 오래 살아요."

모래사장에 글씨를 아무리 깊이 써도 파도가 몇 차례 쓸어주면 서서히 지워진다. 어쩌면 죽음도 그렇게 망각할 수 있을까. 파도가 밀려오지 않아 말라붙은 마음속 모래사장에 새겨진 여름이의 죽음을 새로운 파도로 지워내고 푸른 바다로 헤엄쳐갈 수 있을까.

주변의 응원에 힘입어 어려운 가능성 한 줄기를 손으로 붙잡았다. 계속 슬퍼하고 싶지도, 아파하고 싶지도, 악몽을 꾸고 싶지도 않았다. 죽음은 의지가 있어야만 망각할 수 있는 거였다. 아픈 존재의 죽음을 잊고 더불어 살아가는 즐거움을 누리며 살자고 마음을 다잡아갔다. 그렇게 죽음의 망각으로 반려생활을 시작하기로 했다. 초조하고 설레는 가운데 매일 밤 내게 자문했다.

'내가 다시 개를 키울 수 있을까?'

그리고 얼마 뒤 모카를 만났다.

결혼정보회사 못지않은 가족정보회사

강아지를 입양하는 방법

다시 개를 키울 용기를 낸 뒤에 남편과 나는 아주 초보적인 질문을 만났다.

"그런데 개는 어디서 데려오지?"

순간 자주 가는 마트에 있는 펫숍이 떠올랐고, 어릴 적 동네에서 개가 새끼를 낳으면 한 마리씩 데려가 키우던 풍경이 떠올랐고, 슬픈 현실에 처한 유기견이 떠올랐다. 구체적인 사유를 구구절절 설명하긴 어려워도 펫숍에서 강아지를 데려오는 게 좋지 않다는 것쯤의 상식은 있었다. 유기견을 데려오는 게 윤리적으로나 사회비용 측면에서 좋은 일이라는 상식 역시 있었다. 하지만 그중 우리에게 잘 맞는 입양방식이 무엇인지는 감을 잡을 수 없었다.

이곳저곳 기웃거리며 검색을 해보니 어미 개가 강아지를 낳고 경매장을 통해 펫숍으로 흘러들어온 강아지들은 건강이 좋지 않다고 했다. 생각해보건대 경악스러울 만큼 잔인하고 더러운 '뜬장(바닥까지 철조망으로 엮어 배설물이 그 사이로 떨어지도록 만든 개의 장. 바닥이 땅으로부터 떠 있다는 데서 나온 말)'에서 태어나거나 강제로 교배한 어미 개로부터 태어난 강아지의 건강이 좋다면 오히려 이상하지 않을까? 사람으로 치자면 영아 시절의 끔찍한 경험으로 인한 PTSD(외상 후 스트레스 장애)를 가진 것과 마찬가지일 것이다. 게다가 펫숍에서는 최대한 작고 예쁜 강아지를 팔기 위해 개월 수를 속인다는 이야기가 흉흉했다.

그래도 한번 방문은 해보자며 남편과 나는 자주 가는 마트 내 펫숍과 인근에서 비교적 윤리적으로 분양한다는 애견카페에 방문했다. 그곳에는 우리의 눈을 사로잡는 예쁜 강아지가 정말 많았다. 포도알처럼 동그란 눈망울이 "저를 데려가 주세요!"라고 말하듯 반짝거렸다. 분양가는 100~200만 원 사이였다. 생명을 들이는 데 지불할 비용으로 적기도 많기도 했다. 어떤 강아지는 보자마자 내 품에 쏙 안기는 바람에 충동적으로 돈을 지불하고 분양받고 싶기도 했다.

그래도 펫숍에서 강아지를 들이는 게 영 찜찜했던 우리는 유기견과 예비 견주를 연결해주는 앱을 내려받았다. 앱을 통해 유기견을 보호하는 가까운 병원을 찾았다. 미리 전화를 한 뒤 방문했다. 마음씨 좋아 보이던 수의사는 미리 설명을 했다.

"막상 보시면 유기견이 외모가 별로 안 예쁘고 크기가 커서 선뜻 데려가기 어려울 거예요. 그리고 데려가셨다가 다시 파양하는 건 정말 안 좋으니 신중하셔야 합니다."

수의사가 보여준 개는 일명 '시고르자브종'이라 불리는 믹스견이었다. 아이보리색 털에 몸집이 꽤 큰 중형견이었다. 발견 당시 목에 걸고 있던 낡아빠진 목줄도 그대로였다. 유기견은 얼마쯤 시간이 지나면 공고기간이 끝나 안락사해야 한다는 설명이 곁들여졌다. 자신을 보러 왔다는 걸 감지했는지 유기견은 우리에게 다가와 손과 다리를 핥으며 절실하게 구애했다. 마치 "저를 살려주세요!"라고 말하듯이.

유기견의 선망한 눈망울을 마주한 뒤 나는 충동에 휩싸였다. 하지만 우리가 사는 집의 크기나 내 건강상태를 고려하면 큰 개를 키우는 건 무리였다. 동정과 연민으로 충동적인 선택을 할 순 없었다. 잠시 유기견을 쓰다듬어주고 눈을 맞추다가 입양을 포기하고 나왔는데 미안함에 엉엉 울고 말았다. 그 유기견이 시간이 지나 안락사가 된다면 내가 데려가지 않아서일 것만 같았다(정작 잘못은 버린 사람의 몫인데도). 강아지 입양을 알아보는 과정만으로도 극도의 미안함을 느끼게 된다니, 스스로 신기할 정도였다.

이윽고 우리 부부는 익숙한 입양 방법을 알아보기로 했다. 어릴 적 동네에서 강아지가 태어나면 이웃들이 한 마리씩 키우듯, 친구네 집 개가 강아지를 낳으면 한 마리씩 데려오듯, 익숙한 방식인 가정견 입양을 알아보기로 했다.

가정견 입양은 집에서 키우던 개가 출산을 해서 태어난 강아지를 입양하는 것을 말한다. 가정견은 깨끗하고 안정된 공간에서 출산하고 강압적인 교미로 인한 임신이 아니기 때문에, 어미 개의 심신과 태어나는 강아지들이 대부분 건강하다. 부견과 모견의 건강상태를 확인하고 만일에 유전질환이 있다면 미리 인지할 수도 있다.

가정견 입양은 현재 법적으로 제한하고 있는데, 사업자등록을 하지 않고 금전적 수익을 낼 가능성이 있어서다. 이때 가정견 분양이 가능한 부분은 책임 분양비일 것이다. 책임 분양비는 무료로 강아지를 입양해 생명과 돌봄의 중요성을 가볍게 생각할까봐 노파심에 책정하는 비용으로, 일정 기간이 지나면 입양자에게 돌려준다. 결과적으로는 무료 입양이라 할 수 있다. 하지만 어린 강아지를 데려다 번식용으로 쓰거나 학대할 가능성을 예방하기 위해 입양 전에 꽤나 공들여 입양 의사를 전해야 하고 입양한 후에는 틈틈이 소식을 전하기도 한다.

우리는 온라인 커뮤니티를 통해 가정견을 알아보기 시작했다. 가정에서 태어난 작고 예쁜 강아지의 사진이 올라올 때마다 남편과 나는 깊이 고민하고 의견을 주고받았다. 남편은 곧 죽어도 푸들을 키우겠다고 했다. 어릴 적 푸들을 키워본 기억이 있어서 견종에 관해 양보가 도무지 없었다. 어떤 개를 보여줘도 오직 푸들만 예쁘다고 법석이었다.

나는 견종은 관계없지만, 손목과 어깨 상태가 안 좋아 무거운 것을 잘 들지 못하니 개의 크기가 중요했다. 어딜 데리고 가거나 목욕을 시킬 때 한 번씩 안거나 들어야 하는데 몸무게가 10kg가 넘어가면 감당이 안 될 터였다. 그래서 최대 5~6kg까지 자랄 견종으로 생각하고 그 이상은 고려하지 않았다. 비교적 유전질환이 없었으면 했고, 나와 남편 둘 다 피부가 예민하니 털 날림이 덜한 강아지를 원했다. 이렇다 보니 결국 둘의 합의점은 푸들이었다.

가정견을 입양하기 위해 들락거렸던 온라인 커뮤니티에는 거의 매일 강아지들의 프로필이 올라왔다. 흡사 결혼정보회사 같았다. 그렇다면 강아지 입양 커뮤니티는 가족정보회사인가. 올라오는 글에는 강아지의 생년월일, 외모, 견종, 모색, 몸무게 등이 고스란히 적혀있었고 부모견의 프로필까지 당당히 공개됐다. 결혼정보회사를 줄여서 결정사라고 부르니 반려동물 입양 커뮤니티는 가정사 정도로 줄여 불러야 하나.

사진이 올라오면 남편과 나는 화면을 가운데 두고 마주 앉아 우리 가족의 후보를 고민하는 데 몇 시간씩 할애하곤 했다. 작성자의 예전 게시물을 보며 부모견이 확실한지, 업자가 아닌지, 부모견이 건강한지 일일이 확인하고 태어난 강아지들의 특징을 살펴보면 하루에 몇 시간은 훌쩍 지나갔다.

이 과정에서 알아챈 점이 있다면 나와 남편 모두 과거 키우던 개들의 모습을 새 가족에서 찾고 싶어 한다는 거였다. 나는 검은색 슈나우저였던 여름이나 유년기를 함께한 아심이처럼 검은 털에 눈썹과 발만 하얀 강아지를 기대했다. 남편은 어릴 적 키우던 레이의 모습을 똑 닮은 애프리푸들이나 크림푸들을 원했다.

그렇다면 우리는 현재의 개를 보며 과거의 개를 만나는 걸까? 우리는 새 가족을 맞이하더라도 과거 키우던 강아지를 향한 그리움을 평생 접을 수 없다는 한계를 인정했다. 아무리 다양하게 보려 해도 마음이 쓰이고 눈길이 가는 강아지는 과거에 함께한 강아지와 닮아있었고, 어쩌면 있는 그대로의 가족을 받아들이는 게 아니라 닮은 강아지를 통해 대리만족을 찾으려는 게 아닌지 자신을 매몰차게 점검하기도 했다.

결론적으로 남편이 원하는 푸들을 키우기로 합의했고, 가정견을 알아보며 평생 함께할 푸들 찾기에 집중했다. 푸들이라는 견종 하나에만 집중해도 세상에는 매일같이 많은 푸들이 태어나고 하나같이 예쁘며, 새로운 주인을 기다리고 있었다. 제각각의 사유로 강아지들이 태어날 수는 있지만 낳은 강아지 모두를 키우는 건 쉽지 않기에, 세상 물정 모르는 단계에서 뿔뿔이 흩어져 살 곳을 찾아야 하는 견생의 이치도 알게 됐다.

아이를 낳자마자 입양을 보내야 하는 부모견이나 태어나자마자 천지분간 못하는 상태에서 새집으로 떠나야 하는 강아지들이나 그들 가족에겐 매우 애석한 일이다. 하지만 그런 가족이 있어 우리는 모카를 맞이할 수 있었고 건강하게 모카를 낳아준 부모견과 견주에겐 여전히 고마운 마음이 든다.

모카를 데려올 때 건강수첩을 건네받았다. 예방접종을 2차까지 맞춘 기록이 있었다. 6남매 중 5번째로 태어난 암컷 강아지 모카는 건강수첩 앞장에 '여아 5'라고 적혀있었다. 첫 이름을 짓는 수고는 우리에게 남겨졌다. 당장 낳아준 부모와 떨어져 낯선 곳에서 살 운명에 처한 '여아 5'를 그렇게 만나게 됐다.

강아지가 좀 커요

크면 큰 대로 장점도 있겠지

가정견을 입양하기로 정한 뒤 많은 강아지를 살펴보던 중 한 게시물이 눈에 들어왔다. 부견은 토이푸들, 모견은 미니어처 푸들인데 강아지 6마리를 낳았다며 입양처를 찾는 중이었다. 또래의 강아지 두 마리를 키웠는데 중성화 수술을 앞두고 자연스레 교미가 돼 예상치 못하게 입양 보내게 됐다고 했다. 그리고 입양될 강아지들이 외로울까 봐 1인 가구나 종일 집을 비우는 사람에게는 되도록 보내고 싶지 않다는 의사도 적혀있었다.

사진을 보니 부견을 닮은 검은색 푸들과 모견을 닮은 연한 갈색 푸들들이었다. 다들 어찌나 인형처럼 예쁘던지. 남편에게 사진을 보여주자 "당장 가자! 당장 데려오자!"라며 예쁘다고 방방 뛰었다. 이왕이면 암컷 강아지를 데려오기로 정한 다음 견주에게 연락해 입양 의사를 밝혔다.

"저희는 부부라서 1인 가구 아니고 제가 프리랜서라서 낮에 집에서 같이 있어 줄 시간도 많아요."

그런데 견주는 뜻밖의 답을 했다.

"그런데 저희 강아지가 좀 커요."

음? 토이푸들과 미니어처 푸들의 자손 아니었던가?

"많이 큰가요?"

"글쎄요. 저희는 그리 크다고 생각 안 하는데 분양받겠다고 오셨다가 강아지가 생각보다 크다면서 그냥 돌아가신 분이 계세요. 그래서 아주 작은 강아지를 원하신다면 안 받으시는 게 나을 수도 있다고 미리 말씀드리는 거예요."

강아지의 몸이 큰 게 견주 탓은 아닌데 어쩐지 견주의 목소리가 조금씩 잦아들었다. 사람은 크게 태어나면 우량아라며 감탄을 받고 하물며 '우량아 선발대회'도 있었는데 개의 세계에서 우량아는 통하지 않는 모양이었다. 사람은 크면 칭찬을 듣는데 강아지는 작아야 예쁨을 받고 튼튼한 몸집 때문에 외면당할 수 있다는 건 멋쩍은 현실이었다.

물론 나 역시 실용적인 이유로 작은 개를 선호하긴 했다. 젊을 때 다친 어깨와 손목이 번번이 말썽을 일으키는 터라 큰 개를 데려오면 안고 다니거나 씻길 때 문제가 될 수 있었다. 지금 성견이 된 모카의 몸무게가 5.8kg인데 목줄을 메고 산책하러 나갈 때면 손목이 아파서 보호대를 착용하기도 하고, 가끔 안고 걸어야 할 땐 쌀가마니를 짊어진 듯 어깨가 쑤신다. 이 같은 상황으로 짐작하건대 예쁘고 마음에 든다는 이유로 성장 후 크기를 생각지 않고 입양하면 안 될 일이다.

모카 부모견의 견주가 걱정한 이유는 부견과 모견의 크기가 사람들이 환호하는 아주 작은 사이즈가 아니었기 때문이다. 무게만 해도 부견은 토이푸들이지만 5kg이 나갔고 미니어처 푸들인 모견은 6kg이었는데, 사진으로 보니 큰 베개 사이즈 정도였다.

부연을 하자면 푸들의 종류는 토이푸들, 미니어처 푸들, 미디엄 푸들, 스탠더드 푸들로 나뉜다. 토이푸들이 우리나라에서 가장 많이 키우는 푸들인데 체고 25cm 이하, 체중 3~4kg대가 많다. 우리나라는 주거 특성상 아파트와 같은 공동주택에 많다 보니 소형견을 선호하는 편이라 토이푸들이 가장 인기다.

토이푸들 다음으로 큰 푸들은 미니어처 푸들인데 체고가 38cm 이하로 체중이 대략 5~10kg 사이다. 이름에 '미니'라는 말이 들어가서 아주 작은 푸들 같지만 그리 작지만은 않다. 이럴 거면 미니어처가 아니라 Slightly Miniature Poodle이라고 지었어야 하는 게 아닌가 싶다. 미니어처 다음은 미디엄 푸들이고 가끔 길에서 태평양처럼 넓은 가슴과 송아지처럼 큰 키의 푸들이 보인다면 스탠더드 푸들이다.

어쨌든 부견이 토이푸들이고 모견이 미니어처 푸들이니 커봤자 얼마나 크겠나 싶었다. 주변에서 듣기로 태어난 지 2달 된 강아지는 사람 주먹만 하다고 했다. 커봐야 조금 큰 주먹이려니 했다.

'이름에 미니도 들어가니까 소처럼 크진 않겠지. 미니어처잖아, 미니.'

게다가 사진으로 확인한 강아지의 얼굴은 이미 우리 부부의 마음을 들었다 놨다 하기 시작했다. 우리는 망설임 없이 분양 의사를 밝혔다.

"괜찮아요. 사진 이미 봤으니까요. 편한 시간에 맞춰서 데리러 가겠습니다."

우리는 서둘러 펫숍에 들러 강아지를 데려올 때 사용할 켄넬(이동장)을 구입했다. 우리 집에서 두 시간 정도 거리여서 켄넬 안에 넣어 와야 했다. 가게에서 가장 튼튼하고 큼직한 켄넬을 산 뒤 시간 맞춰 견주의 집으로 향했다. 현관문이 열리자 올망졸망 젖살이 오른 강아지들이 마구 달려 나왔다. 예쁜 강아지들이 우리 발목을 핥고 엉겨 붙으며 친하게 굴었다. 견주가 그중 한 마리를 들고 우리에게 보여줬다.

"얘가 입양하시기로 한 다섯째 아이예요."

드디어 무명의 여아 5, 모카를 만났다. 연한 갈색 털을 지닌 모카는 주먹치고는 많이 컸다. 굳이 주먹이라면 거인의 주먹이랄까.

'크다고 미리 말씀하신 게 빈말은 아니었구나.'

자세히 보니 주먹 크기에 비할 것도 아니고 통 식빵 두 개를 붙여놓은 정도로 컸다. 이미 입양하기로 마음먹은 이상 강아지의 크기나 몸무게에 연연하지 않겠다고 생각했는데 막상 큼직한 몸집을 보니 당황스럽긴 했다.

또 현실적인 이유로 당황했는데, 우리가 사 가지고 간 켄넬이 강아지의 몸집에 비해 썩 넓어 보이지 않았기 때문이다. 하나 사 두면 다 성장하기 전까지 6개월쯤 쓰겠다 싶어 펫숍에서 가장 큰 것으로 샀는데 실제로 넣어 보니 강아지가 일어서면 머리를 곧게 펴지 못할 정도였다. 슬픈 예감은 틀린 적이 없듯 이 켄넬은 입양한 날 이후 딱 한 번 쓰고 다시는 쓸 수 없었다.

그렇게 처음 만난 모카를 품에 안아봤다. 모카는 "저는 아무것도 몰라요."라고 말하듯 순한 표정으로 내 품에 안겼다. 앞으로 20년 가까이 함께 살게 될 강아지를 드디어 만났다. 긴 세월의 시작점, 첫인상을 나누는 이 짧은 찰나 스치는 깨달음이 있었다.

'꼭 작아야 하나?'

좀 전까지만 해도 모카의 덩치에 당황했으면서 막상 품에 안고 보니 이미 상태가 안 좋은 내 어깨를 더 망칠 만큼은 아닌 듯해 안도감이 들었다. 그리고 반려견은 가족 구성원, 20년 가까이 함께 살 가정의 일원이니 그에 맞는 예의를 차리고 싶었다. 다시 말해 아직 어린 생명을 외모와 몸 크기로 평가받고 선택받는 존재로 만들고 싶지 않았다.

사람과 개가 아무리 다르다 해도 이왕 가족으로 살기로 했다면 기준도 고르게 맞춰야 한다. 어린 사람을 외모와 몸 크기 때문에 가족으로 못 받아들이면 아동학대다. 개를 몸집과 생김새로 선택하는 것은 아동학대와 결이 다르지만, 인간의 기준과 취향으로 가족을 고른다는 건 서글픈 일이 분명하다. 선택받지 못한 강아지가 불우한 대우를 받는다면 더욱 슬퍼질 것이다.

개의 출신을 증명한다는 혈통서도 마찬가지다. 누군가에게는 혈통서가 중요하겠지만, 사람으로 치자면 어디 김 씨와 무슨 이 씨의 탄생 비화와 성장배경을 증명해야만 우리 가족과 지인으로 인정해 준다며 허들을 세우는 것과 무엇이 다를까?

인간사회에서도 미움받는 외모지상주의는 개도 피해갈 수 없다. 그렇기에 개를 입양할 때도 외모로 판단하고 선택하는 것은 지양해야 한다. 통 식빵 두 개를 붙인 듯 커다란 모카를 켄넬에 넣고 건강수첩을 건네받은 후 우리 집으로 향했다. 연한 갈색 털의 외모를 보고 남편은 '모카'라는 이름을 주장했고, 나는 무조건 건강하고 오래 살아야 한다며 '장수'라는 이름을 주장했다. 집으로 가는 길 내내 옥신각신했고 결국 여아 5는 모카가 되었다. 나는 모카에게 말했다.

"크면 큰 대로 잘 살아 보자. 몸집이 크면 장점도 있지 않겠니?"

실상 나는 긴 세월 펫로스 증후군을 앓았던 유약한 사람이고 부실한 면이 넘치는 흔한 인간이기에 개의 크기나 외모로 흠집을 낼 주제는 아니라고 생각했다. 게다가 모카는 내가 못생겼다고, 좀 통통한 것 같다고, 얼굴이 너무 동그랗다고 불만을 갖지 않는다. 서로의 외모에 군소리하지 않는 사이, 인간사회에서는 통하지 않을 그 심플한 유대관계가 우리 사이에 시작되고 있었다.

우는 강아지의 마음

낯선 동거의 시작에서 하울링을 외치다

모카는 처음 우리 집으로 향하던 날, 켄넬 안에서 노란 토를 했다.

“조심스레 켄넬을 안고 있다고 생각했는데 너무 흔들렸나?”

급히 검색해보니 강아지가 스트레스를 받으면 간혹 토를 하고, 구토물의 색상에 따라 건강 상태를 짐작할 수 있다고 했다. 토를 더 자주 하면 24시간 병원에 방문하기로 하고 켄넬 안을 닦은 다음 다시 집으로 향했다.

오히려 모카를 데려오는 과정에서 내가 걱정한 부분은 구토나 스트레스가 아니라 ‘짖음’이었다. 개는 본래 짖는 존재, 짖음으로 소통하고 소리를 내는 존재이기 때문에 집으로 오는 두 시간 동안 멍멍 짖어버리면 꽤나 괴로울 거라 생각했다.

키운 지 너무 오래돼서인지 옛 개들은 어떻게 짖었는지 기억이 흐릿했다. 마지막으로 키운 여름이는 평소 잘 짖지 않았고, 낮선 사람이 집에 들어오면 한두 마디 소리를 내다 말 정도였다. 그리고 모카는 집으로 오는 2시간 내내 그야말로 찍 소리 한 번 내지 않았다.

집에 도착해 거실에서 켄넬을 열었다. 문을 열자마자 바닥으로 통통거리며 뛰어나온 모카는 낯선 집을 한참 둘러보고 여느 개가 그렇듯 바닥에 엄지손가락만 한 오줌을 싸며 돌아다녔다. 그 와중에도 모카는 아무 소리를 내지 않았다. 강아지가 원래 이렇게 조용했던가?

"여보, 얘는 안 짖는 애인가 봐."

"혹시 말을 못 하나?"

소리를 내고 잘 들을 수 있는지 주변에서 박수를 쳐보고, 조금 부끄럽지만 개 짖는 소리도 내봤다. 하지만 모카는 쳐다보기만 할 뿐 아무 소리도 내지 않았다. 물론 짖지 않으면 아파트에 사는 거주민의 처지에서야 감사한 일이지만 혹시나 잘 듣지 못하거나 아예 짖지 못한다면 모카의 생이 몹시 가여울 터였다.

그리고 이런 걱정이 얼마나 쓸모없었는지 깨닫는 데는 몇 시간 걸리지 않았다. 물에 불린 사료를 먹이고 방석을 깔아 잠자리를 마련해 줬다. 우리 부부는 침실에 가서 고단했던 하루가 끝났다며 잠을 청했다. 한창 자던 중 나는 소스라치게 놀라 잠에서

깼다. 거실에서 처절한 늑대 울음소리가 들려와서였다. 서둘러 남편을 깨웠다.

"여보, 이상해. 모카가 늑대처럼 울어."

깜짝 놀란 남편도 일어나 거실로 나가봤다. 통 식빵 두 개 크기의 어린 모카가 방석 위에 앉아 "아오오오오오오오오오"하며 하울링을 하고 있었다. 그리고 우리를 보자마자 하울링을 멈추고 와서 알은체를 하며 발치를 돌아다녔다. 늑대처럼 울다가 갑자기 친밀한 분위기란! 다시 괜찮아진 듯해 우리는 침실로 돌아갔다. 모카는 하울링을 멈췄고 나는 침대로 돌아왔지만 가슴은 방망이질 쳤다.

'낳아준 부모와 형제들과 떨어져서 슬픔을 저런 소리로 표현하는 게 아닐까? 내가 어린 강아지한테 큰 아픔을 줬나 봐.'

데려온 첫날 새벽부터 슬픈 곡조로 하울링하는 모습은 가슴속을 후벼 팠다. 다시 잠이 들었고 한 시간쯤 후 다시 일어나야 했다. 두 번째 하울링이 시작된 거였다. 다시 거실로 나왔다. 방석 위에 예쁘게 앉아 하울링을 하던 모카는 다시 내게 다가와 친한 척을 했다.

"너 뭐니? 가족들이랑 헤어지고 슬퍼서 운 거 아니었어?"

혹시 배가 고픈가 싶어 먹을 것을 줘봤더니 또 잘 먹는다.

"배고파서 울었니? 내일부터는 밥 더 줄게."

어쩌면 가족들과 헤어진 슬픔의 표출일지도, 배가 고파서일지도, 아직 어리니까 울지도 모른다고 정리했다. 태어난 지 두 달이 겨우 넘은 강아지였다. 태어난 지 몇 달 안 된 사람도 밤새 잠투정을 한다는데 어린 녀석 나름의 잠투정일지도 모를 일이었다. 다시 돌아와 자려고 누웠을 무렵은 새벽 4시였고, 믿고 싶지 않지만 평소 일어나던 아침 7시가 되기 전 모카의 하울링에 두 번 더 일어나 거실로 소환됐다.

그리고 다음 날부터 나와 남편은 새벽 내내 하울링에 소환됐다. 신기하게도 늑대처럼 울부짖던 모카는 우리를 보면 언제 그랬냐는 듯 발랄하게 굴었고 우리가 방에 들어가면 다시 울어재꼈다. 도저히 못 참고 남편이 새벽에 거실로 가서 쪽잠을 자면 그제야 마음이 평온해지는지 울지 않았다.

인터넷에 개의 하울링을 검색해봤다. 하울링 증세를 설명하는 페이지들은 공통으로 '분리불안'을 언급했다. 주인이 외출하거나 주인과 떨어져 지내면 반려견이 불안감을 느끼면서 배변 실수나 짖음, 하울링 등 문제행동을 한다는 것이다. 분리불안의 원인 중에는 분양 시 어미와의 이별과 부족한 사회화도 있었다. 낳아준 부모와 형제를 떠나 우리에게 입양 온 것, 그리고 새로운 주인과도 떨어져 낯선 공간에서 혼자 잠을 자야 하는 상황 역시 모두 분리불안의 원인이 될 수 있었다.

늑대울음 같아서 소름이 오스스 돋는 하울링에는 여러 의미가 담겨있었을 것이다. 저녁까지 같이 있어 주던 우리 부부가 밤이면 서로의 구역을 칼 같이 나눠 따로 잠을 잘 때 서운했을지도, 며칠 전까지 양말 하나를 두고 형제들과 뜯고 놀던 시절이 그리울지도, 낳아준 부모견의 품이 필요했을지도, 이도 저도 아닌 그저 본능일지도 몰랐다. 무슨 의미를 담아도 사람인 내가 100% 알아들을 수 없는 소리를 흐느끼며 전하고 싶은 무언가가 있던 게 분명했다.

하지만 우리는 서로 다른 생물체로서 다른 소리로 소통한다. 평생 100%에 닿을 수 없는 존재들이 가족이 됐다. 죽을 때까지 같은 언어로 떠들고 대화할 수 없다는 한계를 인지하면서도 이미 가족이다. 물론 사람을 키운다고 해도 100%의 소통은 무의미다. 아무리 친숙하고 가까운 가족끼리라도 생각과 소통방식의 차이로 다투거나 오해를 쌓는다. 사람과 개가 100%의 소통이 불가하다는 진실은 생물분류와는 아무 연관성이 없다. 하울링은 모카가 태어난 이후 모든 것이 처음을 맞이하며 터뜨린 울음이었고, 내게는 생명을 키운다는 무게감과 책임져야 할 수많은 가지를 이해하는 찰나였다.

우리는 모카에게 분리불안 해소에 도움이 된다는 '5,10,7 훈련법'을 사용했다. 5초씩 강아지와 떨어지는 연습을 하루 10번씩, 7일간 지속하면 분리불안이 줄어든다는 방법이었다. 훈련을 시킨 지 7일이 지나자 마법같이 모카의 하울링 횟수가 줄어들기 시작했고, 2주쯤 지나자 완전히 사라졌다. 우리 부부는 침실에서, 모카는 거실의 방석에서 꿀잠을 자는 밤이 찾아왔다.

이제 시간이 흘러 모카는 성견이 됐고 하울링 대신 경계가 생겼다. 말 못 하는 아이 같던 모카가 현관 밖에 택배기사의 인기척이 나면 "왜! 왜!"하고 짖는다. 개는 당연히 경쾌한 목소리로 "멍! 멍!" 할 것 같지만 사람마다 목소리가 제각각이듯 개도 저마다 목소리가 다르다. 모카는 묵직한 목소리로 "왜!" 혹은 "왝!"이라고 짖는다. 귀엽고 명랑한 멍멍은 우리 개에게 평생토록 들을 수 없을 것 같다.

그리고 조금 서글픈 기분이 들었던 모카의 하울링도 결코 들을 일이 없을 것이다. 다른 공간에서 잠들어도 서로 헤어지지 않음을, 더는 가족끼리 헤어지는 생이별의 아픔을 겪을 리 없다는 신뢰가 우리 부부와 모카 사이에 쌓였으므로. 분리될까 봐 두렵고 불안한 감정은 모카의 어릴 적 꿈처럼 훨훨 사라졌으므로.

겁주는 동물병원

우리가 모카를 잘못 키운 걸까?

모카를 데려온 지 2주가 막 지날 무렵, 갑작스레 지방취재가 잡혔다. 1박 2일이지만 첫날 새벽같이 나가 다음 날 밤에 돌아오는 거의 40시간에 가까운 취재였다. 게다가 당장 내일 출발해야 하는 초긴급 일정이었다. 내가 맡기로 한 취재는 맞지만 이렇게 일정이 급박하게 정해질 줄 모른 채 집에서 모카랑 장단이나 맞추고 있었는데, 나도 모르는 새 발등에 불이 활활 타오르고 있었다.

태어난 지 세 달도 안 된 갓난쟁이 모카는 내 지방취재의 심각성을 모른 채 여전히 집 여기저기에 오줌이나 싸고 해맑게 돌아다녔다. 모카를 두고 지방에 다녀오는 건 확실히 무리였다. 아직 어려서 밥도 하루에 4번 나눠 먹어야 했고, 홀로 긴 시간 있다간 겨우 잠재운 하울링을 마음껏 외치며 이웃 주민들에게 민폐견으로 찍히기 딱 좋았다.

'그래, 이런 때를 위해 반려견 호텔이 있는 거겠지. 호텔에 며

칠 맡기고 취재를 다녀오자.'

집 주변의 반려견 호텔을 검색했다. 걸어갈 만한 거리에 서너 군데의 호텔이 있었다. 전화를 걸자 모든 호텔에서 똑같은 질문을 했다.

"강아지가 몇 개월이고, 예방접종은 몇 차까지 했나요?"

"예방접종은 3차까지 맞췄고요. 이제 2개월 반 됐어요."

그리고 놀랍게도 모두에게 거절당했다. 호텔은 맡기면 무조건 다 맡아주는 줄 알았는데 완벽한 오산이었다. 일단 모카는 어려도 너무 어렸다. 당시에는 몰랐지만, 성견들이 어슬렁거리며 노는 반려견 호텔에서 3개월이 채 되지 않은 강아지를 받아주는 건 몹시 위험한 일이었다. 또 예방접종을 모두 맞추지 않으면 선염병에 걸릴 위험이 있고, 웬만하면 중성화까지 마친 강아지를 받아주는 게 예사였다.

그렇게 치자면 모카가 갈 수 있는 반려견 호텔은 아무 데도 없었다. 펫시터를 찾아볼 생각도 했는데 전문기업을 통한 방문 돌봄은 내가 자리를 비운 집을 열어주는 데 부담이 컸고, 개인의 집에 맡기는 펫시터는 영 못 미더웠다. 포기하지 않고 인근 동물병원에도 모두 전화를 걸었다. 그리고 우연히 전화를 건 어느 동물병원에서 희망의 손짓을 했다.

"일단 강아지 데리고 와보세요."

급히 모카를 켄넬에 넣어 병원으로 달려갔다. 데려온 2주 사이에 모카는 또 컸는지 켄넬에 넣었더니 머리털이 눌렸다. 심기 불편한 표정으로 나를 애타게 바라보던 모카는 심사라도 받듯 수의사 앞에 섰다. 수의사는 모카의 이를 살펴보고 발과 팔다리도 살폈다.

"강아지가 좀 크네요? 다리가 긴 걸 보니 엄청 크겠네요. 10kg까지는 크겠어요."

뭐? 10kg? 어깨 건강을 고려해 5~6kg 정도로 클 아이를 데려왔는데 누가 내 인생에 모카 몸무게 10kg을 끼워 넣었지? 수의사는 말을 이어갔다.

"그리고 송곳니가 너무 커요. 이것 때문에 강아지 잇몸이 상할 것 같네요."

"네? 그럼 어떻게 해야 하나요?"

"송곳니 뾰족한 부분을 갈거나 이를 뽑아야죠."

뭐? 태어난 지 석 달도 안 된 강아지 이에 뭘 갈고 뭐를 뽑는다고?

"그런데 유치 아닌가요? 유치는 다 빠진다고 알고 있는데 꼭 갈거나 뽑아야 할까요?"

"유치라서 빠지긴 하겠지만 그때까지 잇몸이 상할 수 있으니까 미리 갈거나 빼면 좋죠."

그리고 수의사는 계속 말을 이어갔다.

"배변훈련은 다 됐나요?"

"아니요, 아직 훈련 중이에요."

아직 훈련 중이란 내 말에 운명의 자연재해를 맞이한 듯한 표정으로 수의사는 큰 소리를 냈다.

"에헤이, 그럼 끝났네요, 끝났어."

"뭐가 끝나요?"

"강아지는 2개월에 입양 와서 10일 안에 배변훈련 성공 못 하면 끝난 거예요. 배변훈련 안 된다고요."

"네? 배변훈련은 원래 한두 달 걸리는 것 아닌가요?"

"무슨 소리예요. 똑똑한 개는 일주일이면 다 가려요. 입양 와서 2주 지났는데 아직 못 가리면 앞으로도 계속 못 가려요."

이분은 도대체 수의사인지, 저주 전문가인지 모카를 켄넬에서 꺼내면서부터 3연타로 내 마음에 주먹을 날렸다. 다리 길이로 10kg의 체중을 예언하고 작디작은 이빨을 뽑느니 마느니 하다가 이제는 배변훈련 끝났다는 종말의 선언까지. 눈물이 날 지경이었다.

그래도 정신을 차려야했다. 일단 동물병원에 맡기기 위해 찾아왔으니.

"일단 말씀하신 부분은 천천히 생각해볼게요. 그리고 오늘 저녁에 모카 맡기고 갈게요. 배변 후에 잘 닦아주시고요."

수의사는 배변 후에 항상 닦아주니 걱정하지 말라고, 매일 공간 소독도 하고 청결은 확실하다고, 대신 다른 개들과 접촉이 있으면 안 돼서 개별공간에 혼자 있을 거라고 했다. 개별공간은 사이즈가 두 개였다. 추가요금을 내도 괜찮으니 무조건 큰 사이즈로 해달라고 했는데, 막상 보니 큰 사이즈라고 해도 우리 집 전자레인지 두 개 붙인 정도의 크기였다. 그리고 내가 취재에서 돌아와 모카를 데려갈 시간은 원래 병원이 문 닫은 후지만 수의사는 특별히 기다려준다는 말도 덧붙였다.

모카를 맡기고 집으로 돌아가는 길, 나는 남편에게 전화를 걸어 엉엉 울었다.

"여보, 큰일 났어. 모카가 10kg까지 큰대. 이가 너무 커서 뽑거나 갈아야 한다고도 했어. 그리고 제일 문제가 뭔지 알아? 배변훈련이 끝났대. 열흘 안에 성공 못 하면 평생 아무 데나 싼대. 우리 모카 어떡해."

남편 역시 충격을 받았는지 말을 더듬더듬 이어갔다.

"아니야, 너무 걱정하지 마. 좀 더 알아보면 뭔가 답이 있겠지.

설마, 설마?"

"우리가 모카를 잘못 키운 걸까? 그래서 배변훈련도 안되고…"

모카를 데려오자마자 배변훈련을 시작했지만 더 엄격했어야 했을까? 내가 너무 무르게 굴었던 게 아닐까? 겨우 마음먹고 키우기 시작한 반려견이 천덕꾸러기가 된다고 상상하니 가슴이 아팠다. 송곳니가 큰 건 내 잘못이 아님에도 왠지 내 탓인 것만 같았다. 그렇게 집으로 돌아와 울며 출장 짐을 꾸렸다.

이틀 후 취재에서 돌아오자마자 집에 짐을 던져둔 채 모카를 데리러 달려갔다. 수의사가 특별히 기다려준다 했으니 배고픔도 참고 달려가야 했다. 하지만 그 기다림이 특별한 배려는 아니었던 것 같다. 할증 요금이 아주 정직하게(미리 설명도 안 해준 액수로) 영수증에 찍혀있었다. 게다가 집에 돌아와 살펴보니 모카의 눈가에 눈곱이 가득하고 항문 주변에 배변이 잔뜩 말라붙어있었다. 약속한 청결은 전혀 지켜지지 않은 듯했다.

모카를 씻기며 생각을 되짚어봤다. 배변 후 닦아준다던 약속조차 지키지 않은 병원과 수의사의 발언을 신뢰해도 되는지 말이다. 때가 되면 알아서 빠질 유치를 벌써부터 빼거나 갈아내라고 한 게 미덥지 않았다. 몸무게는 살아봐야 알 것이고, 배변훈련이 일주일 만에 가능한 개라면 아무래도 개 얼굴을 한 사람이 아닐까.

마케팅 방식 중에 공포 마케팅이라는 방식이 있다. 공포라는 감정이 사람을 불안하고 긴장하게 만드는 특징을 이용해 건강이나 생활에 대한 불편으로 위협하고, 남들보다 뒤처질 수 있다는 불안감을 자극해 소비로 이어지게 만드는 마케팅 방식이다.

당시 수의사가 일부러 공포 마케팅을 실행했는지는 확인할 길이 없지만 이제 막 반려견을 키우기 시작한 견주에게 그가 한 말은 역대급 공포로 작용했다. 반려견을 제대로 키우지 못해 천덕꾸러기로 만든 것 같은 죄책감, 다른 개들에 비해 신체적으로 불편함이 있을 거라는 불안감. 나는 모카를 씻기는 내내 '당했다'는 기분이 들었다. 설명은 차치하더라도 전혀 청결하지 않은 공간에 있던 모카를 확인하니 수의사의 말은 신뢰감 0%였다.

이후 그 병원에는 다시 발길을 두지 않았고 평판이 좋은 병원을 찾아 2년 넘게 다니고 있다. 다행히 지금 다니는 병원에서는 어떤 공포감도 주지 않는다. 더불어 그 일을 겪은 이후로 반려용품점이나 서비스 업체에서 모카와 관련해 불안이나 공포를 조장하는 서비스, 물품의 광고는 무조건 거르고 있다.

사람은 스스로 판단하고 의사를 표현하는 게 어렵지 않다. 아프면 아프다고 말하고, 좋고 싫음을 인지할 수 있으니 공포 마케팅을 시도해도 적절한 선에서 끊어내기 쉽다. 하지만 조금 다른 개체인 반려동물에게는 객관적이기 어렵다. 수의사의 발언이 절대적이고 먼저 키워본 사람의 경험담이 최고의 백과사전이기도 하다.

상술을 지닌 누군가 불안을 조장하면 서슴없이 지갑을 열게 되는 구조가 자연스러운 세상에서 곧게 서 있기 위한 기준이 내겐 공포다. 반려동물과 관련된 이윤 추구를 위해 공포와 불안을 조장하는 이들은 객관적 판단과 비교가 어려운 반려인의 마음을 능란하게 이용하는 게 아닐까? 이제 그들의 공포스럽고 현란한 손놀림에 나의 애간장을 팔아넘기지 않기로 했다.

성장이 끝난 지금의 모카는 10kg이 아닌 5.8kg이며 조금 늦긴 했지만 유치가 모두 빠져 건강한 이빨과 잇몸을 지녔다. 또 두 달간의 배변훈련 끝에 지금은 완벽한 배변 매너를 가졌다. 수의사의 말에 휘청거리며 엉엉 울던 그날은 견주로서 나의 성장과정이었다고 믿는 수밖에 없다.

강아지
독박육아

반려동물 돌봄 노동은 누구의 몫일까?

아이를 낳지 않겠다는 다짐에는 유자녀 가정에서 남편과 아내가 육아를 서로에게 미루는 모습이 큰 영향을 끼쳤다. 공동행위로 생긴 자녀의 육아를 조금이나마 회피하기 위해 배우자에게 미루는 사람들이 딱하게 느껴졌다. 내 생애 결코 겪고 싶지 않은 모습, 육아로 인해 자신을 잃어가는 살풍경이었다.

그런데 모카를 데려오면서 내가 이 살풍경을 간과했음을 단 하루 만에 알아차렸다. 당시 지방에서 장기출장 중이던 남편과 주말부부로 지낼 때였다. 남편이 월요일 새벽 출장지로 떠나고 평일에 홀로 모카를 돌봐야 하는 상황이 되자 예상치 못한 '돌봄 노동'의 서막이 열렸다.

일단 모카의 배변훈련이 끝날 때까지 하루에 열 번 이상 걸레질을 해야 한다. 아주 어린 강아지는 하루에 소변을 8~10번쯤 보고 콩알만 한 대변도 3~4번쯤 한다. 콩알만 하기 때문에 괜찮을 거란 생각은 오산이다. 자신의 소변과 대변을 밟았는지도 모른 채 해맑게 집안을 누비고 다니는 강아지 때문에 발견 즉시 물걸레질을 하고 탈취제를 뿌려야 한다. 자꾸 물이 닿으니 손은 나무껍질처럼 거칠어졌다.

또 바닥에만 실례를 한다면 모를까, 발 매트와 러그에도 하는 바람에 매일같이 이불 빨래를 했다. 고민 끝에 훈련이 마무리될 때까지 바닥에 아무것도 깔지 않기로 했지만 욕실 문 앞의 규조토(발 매트)는 치우지 못했다. 이게 화근이었을까. 모카는 규조토에 소변도 대변도 봤다. 규조토는 액체를 흡수하는 능력이 아주 뛰어나다. 모카의 소변을 쑥쑥 흡수하고 대변의 수분까지 남김없이 흡수한 규조토는 아무리 닦아도 얼룩이 지워지지 않았다. 결국 규조토는 세상을 떴다.

이 무렵 모카는 하루에 밥을 4번 먹었다. 어려서인지 식욕이 왕성했다. 4번 밥을 먹고도 식탐이 넘쳐 뭐든 입에 넣으려 했다. 내가 먹던 커피에 입을 대려 했고 식탁에서 밥을 먹으면 발목을 핥으며 자기도 먹겠다고 아옹다옹했다. 바닥에 뭐라도 떨어지면 모카 입으로 들어갈까 봐 집 청소도 매일 했다.

또 집에서 일하는 내가 서재에 앉아 업무를 보려 하면 발목에 엉겨 붙어 놀아줄 때까지 징징거렸다. 놀아주지 않으면 상상

초월의 행동을 했다. 일하는 내 눈을 피해 거실 테이블 다리를 갉았고 쿠션을 물어뜯었다. 누가 늑대의 후손 아니랄까 봐 뜯고 갉는 데 재능을 드러냈다.

말썽부리는 모카 덕에 마음 놓고 업무를 볼 수 없으니 온종일 가시방석이었다. 잠은 어찌나 빨리 깨는지 새벽 5시면 일어나라고 하울링을 했다. 장기출장을 떠난 남편은 주말에 와서 잠깐 모카의 재롱을 보면 그만이지만 나는 평일 내내 '독박 개육아'에 시달리며 업무까지 진행해야 했다.

위태로웠던 독박육아 중 우리 부부에게 위기가 찾아왔다. 바로 지방취재가 잡히면서 급하게 모카를 맡길 곳을 찾아야 할 때였다. 반려견 호텔과 병원마다 전화를 걸어보고 거절 의사를 되돌려 받던 중 너무 지쳐 남편에게 전화를 걸었다. 남편에게 상황을 설명했더니 대수롭지 않다는 듯 답변을 돌려 받았다.

"음, 그렇구나. 나는 출장 와있어서 어쩔 수 없네."

함께 고민하고 대안을 찾으려 전화를 걸었는데 남편은 마치 자신에게 모카를 맡길 생각은 하지도 말라는 듯 선을 그었다. 육아에서 발을 빼고 아내에게 슬쩍 떠넘기는 남편이란 이런 건가? 개를 키우면서 육아의 폐해를 경험할 줄은 꿈에도 몰랐는데 한

숨이 절로 나왔다. 남편의 강 건너 불구경하는 말투를 들으니 내 마음에도 작은 불씨가 지펴졌다.

"그래, 여보는 출장 중이니 어쩔 수 없지."

"응, 나는 일정이 있어."

"그래, 나도 일정이 있어."

"응, 모카는 어디 맡기고 다녀와."

"아니, 나는 일정이 있어, 여보처럼."

"그게 무슨 말이야?"

"모카를 어디 맡기든, 뭘 하든 나 역시 여보처럼 일정이 있으니 강 건너 불구경하듯 넘어가지 말란 뜻이야."

그리고 나는 한 마디 덧붙였다.

"이럴 거면 다음 주 네 출장지 내려갈 때 모카 데려가서 네가 키워."

절망이었다. 육아를 미루는 부부를 보며 학을 떼던 우리가 강아지를 키우는 문제로 이렇게 날을 세우게 되다니. 우리는 그날 전화기를 붙들고 큰 소리를 내며 싸웠고, 이후에도 강아지 돌봄 노동을 어떻게 분배하느냐로 6개월가량 치열하게 싸웠다.

정말 유치하게도 '나는 이만큼 했네.', '나도 이만큼 했네.' 하며 우리 부부는 똑같이 자신이 더 많이 돌봤다고 주장했다. 모카가 배변을 하면 당장 가서 치워야 하는데도 서로 모른 척하며 상대가 치우길 바랄 땐 더 절망할 구석도 없는 끄트머리라고 느꼈다.

돌봄 노동의 분담도 그렇지만 돌봄의 방식에 있어서도 갈등이 빚어졌다. 나는 업무시간 중 잠시 휴식하는 시간마다 모카의 노즈워크(개가 코를 사용해서 하는 후각 활동을 이르는 말로, 강아지가 좋아하는 간식이나 장난감을 숨긴 후 찾게 하는 훈련법을 말함)를 만들어 주거나 장난감으로 놀이를 하고, 터그놀이(반려견이 물고 있는 장난감을 좌우로 당겨주며 반려견과 놀아주는 놀이)도 숱하게 했다.

반면 남편은 내가 모카와 놀아주라고 등을 떠밀어야 겨우 거실에 앉아서 한 손으로 핸드폰을 하면서 한 손을 휘젓는 자세를 취했다. 마치 투명한 공기 속에서 지휘를 하는 듯한 모습이었다. 허공을 맴도는 손짓에 맞춰 모카가 놀아주길 바란 걸까? 남편이 그런 해괴한 동작을 할 때 모카는 어리둥절한 표정으로 날 보며 이렇게 말하는 듯했다.

"이분 도대체 왜 이러시는 거예요?"

동물을 키우며 흔히 책임감을 말한다. 하지만 그 책임감이 무엇인지 구체적으로 설명을 술술 할 수 있는 사람은 별로 없다. 책임감이라는 단어에 담긴 수많은 항목을 모두 아는 사람은 정말 드물다.

그래서 책임감이 결여된 이들은 반려견과 외출할 때 배변봉투와 목줄을 반드시 챙겨야 할 이유와 한겨울에는 옷가지 하나라도 걸쳐서 데리고 나가야 하는 이유를 모른다. 예방접종을 반드시 해야 할 이유와 교감하며 놀아줘야 할 필요성, 집을 비울 때 반려동물에게 무엇을 해줘야 하고 돌아와서는 어떻게 응대해야 할지 수많은 책임감을 깨닫지 못한다. 산책 중에 핸드폰을 만지는 행동도 얼마나 무책임한지 아무리 설명해도 납득하지 못한다.

나 역시 이전에는 알지 못했던 책임감을 모카를 키우며 깨닫고 배웠다. 반면 똑같이 반려생활을 시작했음에도 어떻게 책임을 져야 할지 모르는 사람들도 많다. 한 손에는 핸드폰을, 한 손은 공기를 휘휘 젓는 누군가처럼 말이다.

지금은 모카의 돌봄 노동을 분담하면서 대부분의 갈등이 수그러들었다. 하지만 한 번씩 자신이 해야 할 노동을 떠미는 남편을 볼 때면 대한민국의 천만 가구에서 터져 나오는 독박육아의 울분이 우리 집에서도 벌어진다는 현실이 개탄스럽기만 하다.

살아있는 동물을 입양해 가족으로 맞이하려면 돌봄 노동은 물론이고 집 밖에서도 지켜야 할 의무와 책임이 따른다. 하지만 그런 책임을 감당하기 싫고 번거롭다면 한 가지 방법이 있다. 지금 당장 완구점으로 가서 귀엽게 생긴 동물 인형을 사서 집안에 둘 것. 배변을 치우지 않아도 되고 목줄을 채울 필요가 없고 언제나 예쁜 얼굴만 고수하는 동물 인형을 갖는 것 외엔 반려생활의 책임감에서 자유로울 방법은 영영 없다. 반려동물이란 함께하는 즐거움과 건강한 생활에 비례하는 돌봄 노동과 책임감이 반드시 필요한 존재다.

강아지 이름짓기

애정과 장수의 기원을 듬뿍 담아

모카를 입양하러 인천으로 향하던 전철 안에서 남편과 나는 옥신각신하며 강아지 이름을 짓고 있었다. 먼저 키우던 여름이를 생후 1년 반 만에 떠나보내서인지 나는 오래오래 건강하게 키우기 위한 이름만 떠올렸다.

"오래 살라고 장수 어때?"

장수를 제안한 내게 남편이 기겁하며 반대했다.

"강아지 이름이 장수가 뭐야, 장수가. 절대 안 돼."

"그럼 아프지 말라고 무병이?"

두 번째로 무병이를 제안하자 남편은 얼굴이 하얗게 질렸다.

"싫어. 무병장수 뜻은 좋은데, 나는 싫어. 예쁜 이름 지을 거야."

"어떤 예쁜 이름?"

"음, 세리? 레나? 미미?"

"오글거려."

"……"

서로의 의견이 좋다고 우겨가면서 한 시간 넘게 이름을 지으려 애썼다. 그리고 갈색 털을 송송 흔들며 걷는 모카를 켄넬에 넣고 돌아오며 남편은 '모카'를 제안했다. 나는 끝까지 무병장수를 원했지만 남편이 이름만큼은 양보할 수 없다며 모카를 고집했다.

"내 딸 이름을 무병장수로 지을 순 없어! 무조건 모카야!"

아기 때는 커피색 털이 부숭부숭했던 모카였다. 은근히 어울리는 이름이라 나의 오랜 염원인 무병장수를 접고 우리 반려견의 이름을 모카로 확정지었다.

그렇게 지은 모카는 우리 강아지의 이름, 세상에 단 하나뿐인 우리 강아지를 부르는 소중한 단어였다. 하지만 모카는 세상에 많아도 너무 많았다. 거리에만 나가도 갈색이나 베이지 모색, 갈색의 얼룩이 있는 강아지 중에 모카가 아주 많았다. 정기방문하는 동물병원에도 모카가 한둘이 아니었다. 거리에서 만난 모카도 꽤 많았다. 인스타그램에는 더욱 많았다. 각기 다른 얼굴과 개성을 지닌 모카들이었다.

어느 날은 남편이 새로운 사실을 들려준 적 있었다.

"길에서 초코, 라떼, 모카를 외치면 강아지의 절반이 뒤를 돌아본대."

그러고 보니 강아지 이름 중에 초코, 라떼, 모카가 꽤 많다. 코코, 두부, 호두, 모찌도 많다. 의외로 예쁜이와 착한이, 공주와 왕자, 하늘이와 구름이도 많다.

단연 압도적인 비중을 차지하는 이름은 '음식 이름'이다. 초코, 라떼, 모카, 두부, 호두, 모찌, 찹쌀, 크림, 만두, 콩이, 감자, 연근, 우엉, 군밤 등등 전부 나열하기에 너무나 많은 음식 이름의 강아지들이 예쁨을 받으며 자라고 있다.

오래전 어르신들로부터 전해 듣기로는 강아지에게 음식 이름을 붙이는 건 오래 살라는 의미가 담겨있다고 했다. 과거 마당개가 흔했던 시절, 지금과 달리 예방접종이나 건강관리는 생소했기에 개의 건강은 그저 운명에 맡겨야 할 부분이었다. 사람들과 같은 음식을 먹고 지내면서 위생관리도 잘되지 않아 건강을 잃을 수 있던 시절에, 부족한 지식과 손길이 미안했던 사람들이 이름에나마 오래 살라는 염원을 담았던 걸까?

그래서인지 수많은 강아지의 음식 이름은 어쩐지 푸근하다. 그 이름에는 냉철함이 없다. 누가 불러도 알아듣고 누가 불러도 어색하지 않은 음식 이름의 강아지들이 있었고, 지금도 있다.

그리고 어쩐지 각각의 음식 이름은 강아지의 외모와 찰떡으로 맞아떨어지는 부분이 많다. 모색이 하얗고 뽀얀 강아지는 두

부나 찹쌀, 모찌라는 이름을 받기 쉽다. 체구가 아담한 아이들은 콩알만 해서인지 콩이라는 이름을 받는 경우가 많고, 갈색이나 베이지색 털을 지닌 아이들은 감자, 군밤, 초코, 모카 등 따뜻한 색감의 이름을 가지게 된다. 그래서 산책 중에 만난 강아지의 이름을 듣고는 나도 모르게 "아!" 하고 탄성을 지른 적이 많다. '아, 그래서 너의 이름이!' 이런 의미의 탄성이다.

나는 올해 초 개명을 했다. 개명 신청 전 작명소에서 이름 여러 개를 받아 남편과 여러 날 불러보며 입에 잘 맞는 것을 골라 지었다. 조금은 중성적인 이름을 갖고 싶었고, 앞으로 살아갈 날에 대한 기대가 담긴 한자의 이름을 골랐다. 이름을 지을 땐 비용도 지불했다.

강아지의 이름을 지을 땐 이렇게 고민하고 생년월일을 넣고 절차를 밟진 않는다. 물론 돈도 쓰지 않는다. 그렇다고 해서 막 지었다기보다는 순수한 애정과 건강을 기원하는 마음이 응축된 이름이기 때문에, 이름이 강아지의 생을 감싸는 따뜻함은 무엇보다 크고 도톰하다.

만약 모카의 한자 이름을 짓는다면 뭐라 짓게 될까. 역시 내겐 무병이와 장수가 최고의 한자 이름일 터인데….

생리작용도 훈련이 되나요?

야생에서 문명으로 향하는 고달픈 여정

모카가 처음 우리 집에 도착해 한 행동은 배변이었다. 연한 노란색의 소변을 내 엄지손가락 정도 크기로 거실에 흘리고는 천연덕스럽게 날 쳐다봤다. 털 뭉치 상태의 모카를 데려올 때도 실감 나지 않았던 나의 '반려생활'이 더 이상 2D나 미디어 속 이야기가 아닌 현실임을 자각하게 한 건 다름 아닌 모카의 소변이었다.

물론 어린 강아지의 배변훈련이 필요하다는 점과 그 과정이 쉽지 않다는 사실은 각오하고 있었다. 훈련에 성공한 강아지는 2주 만에 완벽하게 배변을 가리고, 반대로 평생 대소변을 못 가리며 내키는 곳이 화장실이 되는 강아지도 있다고 한다.

말이 통하지 않는 존재의 생리작용을 쥐락펴락한다는 건 훈련을 받는 동물 입장에서 꽤 힘겨운 관문이다. 견주 입장에서도 배변훈련을 제대로 마무리하지 못하면 평생 냄새나는 환경에서 벗어날 수 없고, 혹여나 집에 손님이라도 오면 바짝 긴장하게 마련이다. 최악의 경우 배변훈련이 되지 않아 강아지를 파양하려는 사람도 예상보다 많다.

2개월째에 우리에게 온 모카는 하루에 10번 정도 소변을 봤고 4번 정도 대변을 봤다. 그것도 모두 거실이나 방바닥에. 처음엔 잘 모르니 최대한 배변판에서 볼일을 볼 수 있도록 유도하고, 어쩌다 배변판에 배변을 하면 지붕을 뚫고 날아갈 정도로 환호하며 칭찬하고 간식을 먹이며 가르친다.

나는 모카의 배변훈련 과정에서 어떤 깨달음을 얻었다. 만약 개가 칭찬 며칠 들었다고 배변을 100% 가린다면 그건 개가 아니다. 개의 탈을 쓴 사람 어른이다. 혹은 사람의 영혼이 개에 빙의된 것이다. 며칠 만에 배변을 가린다면 그건 결코 개일 리 없다. 칭찬과 간식을 반복하며 한 달여를 가르쳤지만 모카는 내킬 때 아무데나 배변을 하며 자유로운 영혼을 과시했다.

키우는 개가 바닥에 실수를 많이 해서 마루가 썩었다는 어느 집의 사진을 본 적 있어서 내 마음은 하루하루 메말라갔지만, 모카는 개의치 않았다. 시도 때도 없이 바닥에 볼일을 봤다. 모카가 배변을 하려는 시그널을 보낼 때 곧장 배변판으로 데려가라는 조언을 듣고 시도해봤다. 하지만 배변판으로 이동하는 과정에서 내 발등에 시원하게 소변을 쏟았을 뿐이다.

배변훈련이 어려워서 커뮤니티에 질문하고 주변의 반려인과 병원에 물어봐도 답은 늘 한결같았다.

"폭풍칭찬을 해줘야 돼."

그래, 나도 다 안다. 배변훈련 시절 모카는 내가 수십 년간 살면서 들은 칭찬보다 훨씬 많은 칭찬을 들었을 것이다. 우연히 배변판에 볼일을 보면 칭찬은 물론 간식을 주고 놀아도 줬지만 모카에겐 사소한 우연일 뿐이었다. 개연성이 없었다. 애초에 개가 인과를 깨닫길 바란 게 과욕이었을까?

배변훈련이 한 달이 넘어갔다. 이쯤 되자 나와 모카는 서로 눈치 게임을 시작했다. 모카가 움찔거리거나 움직이기만 하면 나는 배변을 하는 줄 알고 번개처럼 달려갔고, 모카는 움찔거리다 가만히 앉아 나를 멀뚱멀뚱 바라봤다. 배변의 시그널이 아닌가 싶어 내가 하던 일을 하러 가면 그제야 모카는 일어나 바닥 어딘가에 쉬를 하고 다시 뒹굴며 노는 맥락 없는 일상을 보냈다.

그런 연유로 나는 하루에 열 번 넘게 바닥을 닦고 탈취제를 뿌리고 매일 집 청소를 했다. 강아지의 배변을 치울 때마다 손을 씻다 보니 손의 살갗이 벗겨지기 시작했다. 하필 남편은 지방으로 장기출장을 가서 나홀로 온전히 모카를 돌봐야 했다. 이때는 서로 원하는 바를 정확히 알 수 없어 눈치 보던 시절이었다. 모카의 배변을 미리 알아채고 가르치고 싶어서 초집중하는 나와 내가 뭘 하려는지 알 수 없어 어리둥절한 모카의 진 빠지던 나날. 집에서 일하며 모카를 돌보던 나는 한 번씩 너무 힘들어 엉엉 운 적이 있고, 그런 나를 바라보는 모카의 눈빛도 마냥 밝지는 못했다.

이런 어려움을 토로하면 뭣 모르는 사람들은 "그냥 포기하라."라거나 "원래 개집에 사람이 얹혀사는 거야."라는 농담으로 위로하려 들었다. 아무 데나 생리작용을 벌여도 개는 본래 그런 존재고 말이 통하지 않으니 포기하라는 말을 듣고 모카의 소변과 대변이 아무 데나 뒹구는 집을 상상해봤다. 그 집엔 도무지 들어가고 싶지 않았다. 개집에 사람이 얹혀사는 거라는 자조적인 농담은 더욱 와닿지 않았다. 나는 개 중심으로 돌아가는 집에서 불편하게 살고 싶은 게 아니라 개와 함께 어울려 살고 싶었기 때문이다. '더불어'가 빠진 반려생활은 의미가 없었다.

그럼에도 배변훈련은 정답도, 빠르게 훈련을 완성하는 비법도 없었다. 굳이 답이라면 딱 하나였다. 끈질기게 훈련할 것. 칠전팔기라는 구수한 사자성어를 뇌리에 자수 놓듯 끈기와 인내로 훈련하는 게 유일한 답이었다. 끈질기게 칭찬하고 재빠르게 치우는 것만이 단 하나의 선택지였다.

배변훈련은 계속 이어졌다. 모카는 열에 한 번쯤 배변판에 볼

일을 봤고 아홉은 바닥에 쏟아냈다. 그걸 치우는 내 손은 나무껍질처럼 거칠어졌다. 하지만 다른 선택지가 없으니 꾹꾹 참았다. 바닥이 새카맣게 썩도록 내버려 둘 수 없다며 계속 치우고 닦고, 우연히 배변이 잘 되면 칭찬해주고 간식을 먹이며 모카가 제발 생리작용에 관한 이 단순한 인과를 깨닫기를 빌고 또 빌었다.

두 달쯤 지났을까. 모카가 아주 조금 말을 알아듣는다고 느꼈다. 잘 놀다가 배변판에 올라가서 볼일을 보고는 슬쩍 나를 쳐다보는 게 "이렇게 하면 간식 주는 거예요?"라고 묻는 듯했다. 그렇게 다시 반복하면서 두 달여 만에 배변훈련이 성공적으로 끝났다. 개가 무언가 마렵다고 느끼면 알아서 배변판에 올라가 볼일을 보고, 내게 찾아와 칭찬과 간식을 바라기 시작한다면 배변훈련의 좋은 징조다. 드디어 종일 배설물을 치우고 닦는 고단함에서 벗어날 수 있다는 뜻이다.

배변훈련은 쾌적한 생활을 알리는 신호탄이자 사람과 반려견의 소통이 일치한 교집합의 상징이다. 시간과 공을 들여야 한다는 조건이 있지만 그럼에도 사람과 반려견의 말이 통할 수 있다는 가능성과 소통의 신비를 깨닫게 된다.

그리고 일단 배변훈련에 성공하면 이후에는 웬만한 훈련이 수월하다. 반려견이 함께 살아가는 데 기본적으로 알아둬야 할 안 돼, 기다려, 짖지 마 훈련이 어렵지 않게 흘러간다. 아마도 배변훈련을 겪으며 자연스레 먹게 된 '눈칫밥(간식)' 덕분 아닐는지.

태어난 지 두 달째에 시작해 네 달째에 성공한 배변훈련은 모카에게 생존의 기초인 생리작용을 '훈련'함으로써 견생이 그리 널널하지 않음을 알린 생생한 교육이었을 것이다. 가정이라는 작은 사회의 구성원이 되려면 넘어야 할 첫 번째 허들을 넘는 과정이었을 터다.

나 역시 어린 생명을 사회에 적응시키며 야생에서 문명으로 이끄는 과정을 살갗이 벗겨지도록 체험했다. 훈련 과정에서 모카가 가끔 미웠고 찌들도록 피곤했다. 그럼에도 훈련에 성공한 모카가 드디어 '함께 살기 괜찮은 개'로 한 단계 올라갔다는 사실에 만족감과 성취감을 느꼈고 안도했다. 배변훈련에 성공했다고 확신한 날, 내가 수없이 되새긴 말은 '이젠 괜찮아.'였다.

강아지의 눈물

예쁜 얼굴에 붉은 눈물이 흐를 때

개를 키우기 시작하고 관련 카페에 들어가서 제일 자주 목격한 단어는 '눈물'이었다. 모색이 밝은 강아지에게 특히 잘 보이는 눈물은 눈가 주변 털을 붉게 만들고 냄새를 유발할 뿐 아니라 심할 경우 피부까지 짓무르게 만든다고 했다.

많은 견주들이 눈물의 원인과 해결책을 찾으려 애쓰고 있었다. 눈물에 좋은 사료, 간식, 화장품 찾기 등 견주들의 노력은 대단했다. 어쩜 이렇게 많은 사람이 눈물을 해결하려 애쓰는 걸까? 생후 2개월 차 모카를 데려온 나는 알 수 없었다. 아직 어려 크림색이 아닌 갈색 털을 지닌 모카의 눈가는 깨끗했고 아침에 눈곱 한 번 떼어주면 말간 얼굴을 종일 유지하는 아이였다.

그리고 모카가 생후 8개월이 될 무렵, 자연스레 그 수많은 견주에 나도 포함됐다. 모카의 눈에 굵은 눈물 줄기가 줄줄 흐르기 시작했기 때문이다. 너무 갑작스러웠다. 이런 증상은 예고도 없이,

전조증상도 없이, 짐작 갈 이유도 없이 찾아온다. 하기야 사람의 질병과 우환도 마찬가지 아니던가.

그동안 주변에서 들어온 많은 이야기를 떠올리고 검색했다. 먹이던 사료를 바꾸고 간식을 끊었다. 배변 활동의 보상으로 주던 간식을 끊자 모카는 불만이 이만저만이 아니었다. 눈물 자국을 없앤다는 파우더를 사고 매시간 휴지로 눈가를 꾹꾹 눌러 닦았다. 눈가에 휴지를 갖다 대기만 해도 붉은 눈물로 젖어 들었다.

눈물이 흐르면서 말갛고 예쁜 얼굴엔 흉터 자국처럼 갈색 눈물 줄기가 늘상 있었다. 얼핏 보면 큰 사고를 당한 흉터 같았다. 눈물이 흐르는 모카는 매일 서러워 보였다. 눈물에 축축해진 털 밑으로는 붉어진 피부가 보였다. 습기 때문에 피부가 건강할 리가 없었다. 병원에 데려가서 진료를 받았다. 눈물 외에 알레르기 증상은 없어 식품과 관련된 것은 아닌 것 같지만 독한 약을 쓰기 전에 식이요법과 인공눈물로 눈 세척을 해주며 지켜보자고 했다.

눈물은 질병이라 할 수 없지만 개의 삶의 질을 떨어뜨리는 게 확실했다. 문제는 원인을 알면 해결해 줄 텐데, 원인 찾기가 하늘의 별 따기인 것이었다. 어쨌든 키우는 나로 인해 모카의 삶도 좌우될 터, 내 잘못은 아니지만 왠지 내 잘못 같은 생각에 눈물 자국이 굵게 새겨진 모카를 안고 가끔 울음을 터뜨렸다. 내가 울면 모카는 이유도 모른 채 품에 안겨 눈물을 핥으며 나를 위로했다.

길에 나가면 참견도 적지 않게 들었다. 개를 키우지 않는 사람들은 잘 모르지만, 개를 키우는 사람은 첫눈에 눈물 있는 강아지를 알아본다. 대체로 그냥 지나치지만 참견을 하는 이들은 두 부류로 나뉜다. 첫째는 불쌍하고 안타깝다고 동정하거나 혀를 찬다.

"아유, 아픈 개를 키우네."

"개가 병들었나 보네?"

"어디서 이렇게 아픈 개를 샀어? 잘 보고 샀어야지."

두 번째는 자신의 강아지 눈물 극복 사례를 상대가 원하든 원치 않든 설명한다는 거다.

"저는 동결건조사료로 바꾸고 눈물 고쳤어요."

"눈 영양제 먹이니까 눈물 싹 낫던데요."

"소간을 먹여보세요."

자신이야말로 강아지 눈물에 해박한 척척박사님인 듯, 내가 요청하지 않은 조언을 늘어놓는 견주를 여럿 만났다. 물론 자신과 동일한 경험을 가진 타인에게 도움이 되고 싶은 마음은 알겠지만, 그들이 말하는 방법은 늘 정답이 아니었다. 병원에서도 사료나 간식, 영양제로 눈물을 잡는 비중은 10% 정도에 불과하다고 했다.

또 나라고 안 해봤겠는가. 일명 '눈물 사료'라 불리는 사료를 먹여봤지만 효과는 없었다. 눈 영양제를 먹여도 달라진 건 없었다. 소간을 육포 형태와 파우더 둘 다 사봤지만, 효과도 없었거니와 모카는 소간을 싫어했다. 파우더를 발라도 털이 꾸덕꾸덕해질 뿐 눈물이 사라지진 않았다. 모카 눈가가 짓무르기 전 꼭 해결하고 싶었던 눈물은 다시 8개월이 흐르도록 해결하지 못했다.

다만 병원에서 몇 달간 모카를 관찰하며 내린 결론은 차가운 겨울바람과 미세먼지에 모카의 눈가가 훨씬 예민해진다는 거였다. 눈 영양제를 먹이고 산책하러 나가기 전과 후 인공눈물을 눈가에 넣어주고, 마른 손수건이나 휴지로 눈가가 축축하지 않도록 항상 닦아주라는 처방을 받았다. 그래도 정 걱정이 되면 약을 복용하기로 했다.

그리고 모카 생후 16개월이 됐을 무렵, 우리는 병원에 가서 눈물을 없애기 위한 약을 처방받았다. 이 약도 100%는 아니라고 했다. 약을 써서 낫는 경우는 60% 정도이며, 40%는 약이 안 들을 수 있고 나중에 재발할 수도 있다고 했다.

약은 약 2주간 복용했다. 다행히도 모카는 60%에 포함됐고 줄줄 흐르던 눈물이 멈추고, 2살이 넘은 지금까지 재발하지 않았다. 지금 모카는 눈가가 아주 말끔하다. 얼굴 피부가 짓무를까 봐

조바심 나던 마음과 고운 얼굴에 흉터처럼 앉아있던 눈물 줄기를 보며 가슴 아파하던 시간이 덧없이 사라졌다.

종종 강아지 눈물 이야기가 나와서 모카의 눈물을 약으로 해결했다는 얘길 하면 몸에 좋을 것 없는 약을 썼다는 데 경악하는 이들도 있지만, 만약 다시 그때로 돌아간대도 희망 없는 식이요법에 시간과 마음을 들이느니 약을 처방했을 것이다.

모카의 눈물을 낫게 하느라 속을 썩인 8개월은 장마와 같았다. 이따금 찾아오지만 상황에 따라 실내에서 피해갈 수도 있는 장마철의 하늘은 내내 무겁고 어둡다. 태풍이 몰려와 바람까지 몰아치면 아득하리만치 극으로 몰리지만, 견디고 또 견디면 화창한 가을로 접어들며 어두웠던 장마는 이내 잊어버리고 만다.

누군가는 장마철을 그럭저럭 잘 보낸다. 비가 굵으면 굵은 대로 피하고, 우산이 있는데 무슨 걱정이냐는 사람도 많다. 강아지 눈물 역시 흐르면 흐르는 대로 닦아주면서 반드시 치료할 대상이 아니라며 넘기는 이들도 많다. 눈물은 질병이 아니기 때문이다.

모카의 얼굴에 흉터처럼 눈물 줄기가 있던 시절이 이젠 아득한 장마철 같다. 언젠가 다시 눈물이 돌아온다 해도 아늑한 실내로 숨어 들어가 내 반려견을 잘 지켜내면 된다고 생각하는 것도 장마와 닮았다.

요즘도 바람이 많이 불고 미세먼지가 심한 날 산책을 다녀오면 모카 눈가에 눈물방울이 그렁그렁 맺혀있는 걸 본다. 그럼 얼른 발을 닦고 인공눈물로 눈을 세척한다. 눈 영양제도 종류를 달리하며 꼬박꼬박 먹인다. 사람도 예방할 수 있는 아픔은 피하고 싶은 것처럼, 반려견의 건강도 보호할 수 있다면 최대한 해내는 게 반려인의 책임 아닐까.

올해는 봄부터 유난히 비가 잦았다. 비가 연일 내리거나 바람이 들이닥치는 날은 벌써 장마가 찾아온 건가 의심스러웠고, 이른 계절부터 장마와 눈물의 8개월을 떠올렸다. 올해도 눈물의 장마를 무사히 넘기기를.

PART 2

울고 웃으며 우리는 함께 자랐어

개헤엄을 못 치는 강아지

개의 능력치에 100%를 기대하지 말 것

체육학사전에 '개헤엄'이란 용어가 있다. 배를 아래쪽으로 향하고 머리는 물 밖으로 내밀고 발과 팔을 저으며 앞으로 나아가는 원시적인 헤엄의 일종을 말하는데, 개가 수영을 할 때 모습과 닮아 개헤엄이라고 한다. 그러니 개헤엄이라는 말에서 알 수 있듯이 개는 수영을 할 수 있다는 게 너무나 당연한 인식이었다.

모카의 견종은 푸들이다. 푸들은 과거 오리 수렵견이었다고 한다. 푸들 특유의 미용법이 몸털은 짧은 대신 다리털을 길게 남기는 이유가 물속에서 긴 다리털이 지느러미 역할을 하기 때문이었다. 다리털을 이용해 빠르게 수영해서 야생오리를 잡아 오는 게 과거 푸들의 역할이었다. 다시 말하건대 이 정보에서 알 수 있듯이 개는 수영을 할 수 있고, 푸들은 당연히 수영할 수 있을 거라 믿었다.

그리고 모카가 1살이 된 여름, 한 번씩 함께 산책을 하던 모카의 친구견 설빙이의 견주로부터 반가운 제안이 있었다.

"우리 강아지 수영장 한 번 가볼래요?"

SNS에서 강아지가 바닷가나 계곡에서 수영하며 노는 모습을 본 적 있었다. 궁금하기도 하고 모카에게 새로운 경험을 주고 싶어 가보고 싶은 마음은 있었지만, 강아지 전용으로 지정된 공간이 아니라면 개를 키우지 않는 타인에게 썩 좋은 느낌은 아닐 듯하여 가지 않았다. 하지만 강아지 전용 수영장이라면 사정이 다르지 않을까?

그렇게 설빙이네와 가까운 강아지 수영장을 알아보기 시작했다. 우리 동네에서 차로 20여 분 거리에 강아지 수영장이 있었다. 처음 수영을 배우는 강아지에겐 간단한 코치도 제공한다고 했다.

'수영 코치? 하, 우리 모카는 무려 오리 수렵견의 후손인데 수영 그쯤이야.'

모카가 신나게 놀고 내게 물을 튀기거나 같이 발이라도 담가야 할 상황에 대비해 옷과 대형 타월, 샴푸와 클렌징을 빼곡히 챙기고 기분 좋게 김밥까지 포장해서 강아지 수영장에 도착했다. 날은 조금 흐렸지만 생애 첫 수영을 경험하게 될 모카에게 흐린 날씨는 안중에도 없을 터였다. 수영장 직원이 와서 모카와 설빙이를 맞아주고 수영장 앞에서 설명을 시작했다.

"처음에는 물을 살짝씩 강아지 몸에 끼얹어 주시고요. 제가 수영장 대각선에서 강아지를 물에 넣으면 대각선 반대 방향에 견주님이 서서 강아지를 불러주세요. 그럼 강아지가 견주님을 향해 나아가면서 자연스럽게 수영을 하게 돼요."

아니, 이렇게 쉽게 수영을 배울 수 있다니. 오리 수렵견의 후손인 모카에겐 너무나 간단한 첫 수영 아닐까? 나는 자신 있게 대각선 끄트머리에 서서 모카를 불렀다. 아주 당당하고 여유 있게.

하지만 나의 기대와 달리 눈앞에는 물에 빠져 허우적대는 초라한 모카만 보였다. 개는 본능적으로 수영을 하는 동물인 줄 알았건만, 모카는 수영장 직원이 몸을 내려놓자마자 필사적으로 허우적대며 주변에 서 있던 모든 이들에게 물벼락을 씌웠다. 그 와중에 물에 쫄딱 젖어 생쥐 꼴을 한 모카의 모습이란. 오리 수렵견의 후손, 대체 어떻게 된 걸까? 수영장 직원은 수영이 처음이라 당황했을지 모르니 잠시 후 다시 시켜보자고 했다.

그 사이 함께 간 설빙이가 수영을 배우기 시작했다. 수영장 직원이 물속에 넣고 대각선 반대편에서 설빙이의 견주가 이름을 불렀다. 모카와 마찬가지로 오리 수렵견의 후손인 설빙이는 한 번도 해본 적 없는 수영을 유유하게 해내며 대각선 끝까지 나아갔다. 여유 있게 다리를 움직이고 방향을 잡기 위해 꼬리를 동글동글

돌렸다. 물 밖으로 나와서도 수영의 감각이 몸에 남아있는지 네 발을 허공에서 천천히 휘저었다.

이대로 포기할 순 없었다. 다시 수영장 직원과 마주 서서 모카를 수영장에 넣었다. 몇 번을 넣어도 허우적대기만 할 뿐 단 한 번도 수영하지 못했다. 성공할 때까지 시도해보려던 나를 수영장 직원이 말렸다.

"너무 많이 시도하시면 물에 트라우마가 생길 수 있어요. 오늘은 이 정도로 마치시죠."

"그럼 우리 강아지는 수영을 못 하는 건가요? 강아지는 수영을 다 할 수 있는 것 아니었나요?"

"그게…. 백에 한 마리 정도는 수영을 못한다더라고요. 흔치는 않지만 가끔 수영을 못하는 강아지도 있긴 해요."

백에 하나 가끔 나타나는 수영 못하는 강아지가 우리 모카였던 것이다. 수영하기 싫다고 주변에 물벼락을 씌워가며 거부하던 모카는 물 밖에선 신나게 달리기를 하고 간식도 넙죽넙죽 잘 받아먹었다.

첫 수영장에서 훌륭한 수영 실력을 발휘한 설빙이네는 매우 즐거워했지만, 나는 모카가 수영을 못한다는 충격에서 헤어나올 수 없었다. 내가 안타까워 보였는지 집으로 돌아가기 전 강아지 수영장에서 모카의 수영장 이용료는 받지 않겠다고 할 정도였다. 그 배려에 얄팍하게 남은 자존심이 갈기갈기 찢어져 나부꼈다. 집에 돌아온 남편에게도 이 사실을 전했다.

"여보, 우리 강아지가 수영을 못 해. 몇 번이나 시도했는데 안 돼. 강아지 백 중에 하나 정도는 수영을 못한다는데 그게 우리 모카인가 봐!"

남편 역시 충격을 받았는지 즉시 욕조에 물을 받아보자고 했다.

"욕조에 물 받아서 수영 가르쳐보자. 우리 강아지가 수영을 못 할 리가 없어! 나도 수영할 줄 아는데 모카가 수영을 왜 못 해! 믿을 수 없어!"

우리가 욕조에 물을 받느니 어쩌니 난리법석을 부리는 동안 외출이 피곤했던 모카는 깊이 잠들어 있었다. 시끌시끌한 우리 부부와 달리 평온하게 잠든 모카를 보다가 나는 욕조의 물을 잠갔다. 수영 가능 여부에 발을 동동 구르는 우리와 달리 모카에게 수영은 별로 중요한 일이 아닐지도 모른다는 생각이 들어서였다. 모카가 수영을 싫어한다면? 평소 씻는 것도 싫어하니 물을 싫어할 수도 있는데, 갑자기 수영장에 넣은 거라면? 이제 오리를 잡을 필요가 없는 오리 수렵견의 후손에게 수영이 아무 가치 없는 일이라면?

그렇다면 우리 부부에게 강아지의 수영은 무슨 의미였을까. 흔히 미디어에서 비치던 남들만치 자라길 바라는 부모의 욕심과 같은 건 아니었을까. 자식을 비교하는 부모를 욕했으면서 정작 키우는 강아지를 다른 강아지에 비교하는 데는 경각심을 놓아버린 건 아닐까.

사실 견주들 사이에선 은연중에 비교하는 행위가 있다. 우리 강아지는 털이 많이 빠져요, 낯을 많이 가려요, 입이 짧아요. 어른들이 자신의 아이를 자랑하는 대신 조금씩 낮춰 말하며 겸손을 차린 것처럼 말이다. 우리 애가 좀 덜렁대요, 우리 애는 실력이 그 정도는 아니잖아요, 우리 애도 누구처럼 키가 크면 좋겠네요 등의 말처럼.

사람과 마찬가지로 견주들도 얼핏 보면 겸손하게 자신의 개를 표현하는 것 같지만 틀림없는 비교이긴 하다. 털이 덜 빠지는 개에 비해, 친화력이 좋은 개에 비해, 주는 대로 복스럽게 먹는 개에 비해 우리 개는 어딘가 조금 부족하거나 어리숙하다고 말이다.

이날은 모카의 수영 실패에 허탈해한 나의 속내에서 자식들을 비교하는 어른들의 못난 구석을 발견한 날이었다. 태평하게 자는 모카를 보며 혼자 속을 끓이던 나는 그 못난 어른의 반열에 들어선 것을 인정했다. 가족을 있는 그대로 받아들이는 게 그리도 어려웠던 나의 모자람이었다.

이후로 모카는 다시 수영을 시도하지 않았다. 남편과 욕조에 물을 받아 수영을 가르치지도 않았다.

"모카는 수영을 못 하지. 나는 운전을 못 해. 그럼 좀 어때!"

내가 키우는 모카는 수영을 못 한다. 여전히 편식을 한다. 하지만 밝고 발랄한 성격으로 누구에게나 사랑을 받고 다리가 길어서 비 오는 날 산책을 해도 배가 젖지 않는다. 수영하는 즐거움을 누릴 수는 없지만 다른 강아지가 하는 모든 것을 잘하는 건 로봇 아니고서야 불가능함을 알기에. 못하는 건 못 하는 대로 인정하고 문제 삼지 않는 어른이 되자는 깨달음을 나는 5.8kg의 작은 동물로부터 배운다.

경이로운 발바닥

차곡차곡 쌓여가는 모카만의 시간

입양되어 우리 집으로 올 때까지 모카는 바깥 땅을 밟아본 적이 없었다. 태어난 지 얼마 안 된 강아지는 예방접종을 모두 맞추기 전에는 밖에 나가지 못한다. 감염에 취약하기 때문이다. 그래서 입양 전 두 차례 예방접종을 위해 사람 품에 안겨 바깥공기를 마신 것 외에는 집 밖으로 나간 적 없는 모카였다.

우리 집에 와서도 마찬가지였다. 2주 간격으로 예방접종을 가는 날이면 품에 안겨 병원에 드나들었다. 그리고 5차 접종을 마치던 날, 수의사는 조심스레 산책을 제안했다.

“이제 5차 접종을 마쳤으니 산책을 조금씩 시켜주세요. 산책을 다녀야 사회화가 제대로 이루어져요.”

드디어 산책을 떠난다니! 예쁜 목줄을 멘 강아지와 올망졸망 걸어 다니는 산책이라니! 산책을 시작해도 된다는 말에 우리 부부는 설레는 마음으로 귀가했다. 산책을 위해 미리 목줄을 사뒀고, 몇 가지 책을 읽으며 올바른 산책법이나 유의사항을 알아둔 상태였다. 목줄을 편안하게 느끼도록 집 안에서 산책연습을 했다. 그리고 한 번씩 모카를 안아주며 말랑한 발바닥을 조물조물 만져주곤 했다.

"이 말랑한 발바닥으로 바깥 땅을 밟을 수 있겠어?"

강아지나 고양이의 발바닥을 말할 때 흔히들 애정을 담아 '젤리'라고 말한다. 가장자리가 털로 둘러싸인 볼록 튀어나온 발바닥은 정말 젤리의 감촉과 닮아있다. 집 밖에서 땅을 디뎌본 적 없는 말랑한 젤리가 모카에게도 있었다. 산책이란 늘 매끈한 방바닥과 폭신한 러그 위만 걸었던 모카가 단 한 번도 상처 입은 적 없는 말랑한 발바닥으로 세상을 디딜 준비를 하는 것이다.

연약해 보이는 강아지의 발바닥은 중요한 역할 몇 가지를 맡고 있다. 우선 더운 날 땀을 배출하는 유일한 신체 부위이다. 또 털이 없으니 미끄러지는 것을 막아주고 볼록 튀어나온 만큼 일상의 충격을 흡수하는 완충역할을 해준다.

중요한 역할을 하는 만큼 질병에 취약한 부분이기도 하다. 땀이 나는 신체 부위이기 때문에 당연히 습기가 많은 편이다. 거기에 땅바닥에 직접 닿는 부위라 세균이 증식할 가능성도 크다. 촘촘하게 붙어있는 발가락 사이에 습기를 잘 말려주지 않으면 염증이 생겨 고생하기도 한다. 그래서 발바닥에서 악취가 나거나 강아지가 자주 핥는다면 문제가 생겼다는 신호다. 습기가 많은 발바닥이지만 노령견은 습기가 부족해져 발바닥이 갈라지기도 한다. 일상에 꼭 필요한 역할을 하면서 건강 상태의 적신호도 보내는 그야말로 경이로운 발바닥이다.

우리는 5차 예방접종 3일 후 모카와 첫 산책을 나섰다. 조마조마한 마음을 누르고 모카의 여린 발바닥을 땅 위에 내려놓았다. 때는 아직 더운 8월이었다. 처음 맨땅을 밟고 놀란 걸까? 모카는 그 자리에 버티고 발바닥에 힘을 주며 움직이지 않으려 했다.

'그래, 그게 바로 너의 처음이야. 너의 첫 번째 땅바닥이야.'

처음 마주하는 거친 면, 매끄러운 실내와 달리 오돌토돌한 땅과 그 위의 여러 물질. 혼란과 호기심이 함께 들이닥칠 모카의 발바닥을 상상하며 집 앞을 천천히 걸었다. 움직이지 않으려 버티던 모카는 두 번째 산책에서는 조금 걸었고, 세 번째 산책에서는 걷기보다 주변 냄새를 맡는 데 바빴다. 대여섯 번째에는 가볍게 뛰었다. 그다음부터는 산책을 준비하는 순간부터 들떠 집 안을 마구 돌아다녔고, 아파트 입구에서 점프해 내려가는 습관도 생겼다.

그날로부터 말랑했던 발바닥은 조금씩 단단해졌다. 여름 땅의 열기와 건조한 지층이 내미는 거칢이 모카의 발바닥을 훈련한 걸까? 여름이면 털로 뒤덮인 몸에서 분출하지 못한 땀을 배출했다. 봄에는 겨울을 지나 부화한 온갖 벌레와 풀 내음을 정신없이 만끽했고, 가을이면 나뒹구는 낙엽 밟기를 즐겼다. 겨울이면 추위를 견디고 눈의 차가움과 신비로움을 경험했다. 눈이 많이 와서 길에 염화칼슘이 뿌려진 날이면 어쩔 수 없이 신발을 신기곤 했지만, 대체로 모카는 맨발로 외출했다.

하지만 발바닥은 연약함을 온전히 버릴 수 없는 부위이기에 더러 상처 입기 쉬운 약점이기도 하다. 누군가 무심코 버린 유리병이나 플라스틱 조각에 찔리거나 박힐 수 있다. 매서운 추위와 눈이 엉겨버리면 동상의 위험이 도사린다. 눈이 오면 신발을 신기지만 자칫 맨발로 염화칼슘을 밟기라도 하면 화상을 입을 수 있다. 습한 여름이면 엷은 땀 냄새를 흘리고, 건조한 겨울이면 냄새가 잠잠해지는 솔직한 발바닥의 생태.

그래서 산책 후 발을 씻기며 발가락 사이사이를 말리고 다친 곳은 없는지 늘 샅샅이 살펴본다. 그럴 때 느긋한 표정으로 모카는 이렇게 말하는 듯하다.

"엄마, 저는 생각보다 강해요."

이제 모카의 발바닥은 과일의 속살처럼 연하던 신생아 시절에서 조금 단단해졌다. 부드러운 가죽 혹은 단단한 복숭아의 촉

감이다. 나는 어릴 적 자주 넘어져서 무릎과 발목에 흉터가 많은데 그 부분은 유독 단단하게 아물었다. 모카의 발바닥을 어루만지면 그런 단단함이 쌓여간다고 느낀다. 다행히 아직 다친 적은 없지만, 제법 단단해진 발바닥에는 수없이 많은 날을 맨발로 걸으며 쌓아간 모카만의 시간이 있다.

조금 염세적인 말일 수도 있지만, 시간의 흐름에 있어 세상에 변하지 않는 건 없다고 믿는다. 사람의 마음, 신념부터 관계에 이르기까지 무엇이든 해당될 것이다. 외모나 건강은 당연히 변하고 환경은 초 단위로 변화한다. 그래서 한 해 한 해 자신을 정의하는 나이가 늘어감에 사람들은 아쉬워하고 조금이라도 숫자를 줄여보려 귀여운 장난을 치기도 한다.

하지만 시간의 흐름에 좋은 점도 있다. 과거보다 시행착오를 덜 겪기도, 경험이 쌓여 능숙해지는 것들이 많아지기도 한다. 나이를 먹었더니 국가에서 내 건강을 걱정하며 검진표를 보내주는 것도 나름 좋다. 어제보다 오늘 더 단단해져 나와 산책로를 걷는 모카의 발바닥도 그러할 것이다. 최소한 과일 속살 같던 어린 시절보다 덜 다칠 테니 말이다. 그러한 세상의 진리는 내 옆의 모카도 이미 잘 알고 있을 거라 짐작해본다.

반려견 계의 마리 앙투아네트

키우기 전에는 몰랐던 끼니 챙기기의 수고로움

처음 우리 집에 와 물에 불린 사료를 한 달쯤 먹다가 건 사료를 아작아작 먹던 모카의 식탐은 그야말로 폭발적이었다. 사료를 주면 누가 뺏어 먹기라도 할 듯 급하게 먹고 더 달라며 앞발로 밥그릇을 닥닥 긁었다. 급하게 먹다 사레가 들리는 일도 다반사였다. 어디선가 푸들은 입이 짧아서 견주의 마음을 그리 애타게 만든다고 봤는데 우리에게는 해당 사항이 없는 듯했다. 잘 먹어도 너무 잘 먹는 모카는 살이 잘 찌지 않았고 대신 팔다리가 쑥쑥 자라며 늘씬하고 키가 큰 푸들이 됐다.

그런데 모카의 생후 8개월 무렵 이상 징후가 감지됐다. 여느 때와 다를 바 없던 어느 아침, 그리 잘 먹던 모카가 사료를 먹지 않고 눈만 멍그러니 뜬 채 나를 바라봤다. 전날까지만 해도 싹싹 비우던 사료였다. 반려견이 평소와 다를 때 견주의 머리에 처음 떠오르는 생각은 딱 하나다.

'어디가 아픈가?'

한 번도 밥을 거르지 않던 모카가 웬일로 밥을 안 먹으니 나는 온종일 안절부절못했다. 마침 다음 날이 병원에 정기방문 하는 날이라 수의사에게 걱정을 토로했다. 수의사는 올 것이 왔다는 듯 웃으며 답했다.

"푸들이 원래 입이 짧고 밥투정도 심해요. 간식을 끊어보세요. 항상 사료만 주시고, 제때 밥을 안 먹으면 사료를 치우세요."

"그럼 너무 배가 고프잖아요."

"개는 한 끼 정도 굶는다고 큰일 나지 않아요. 오히려 습관을 잘못 들이면 앞으로 계속 사료는 안 먹고 간식만 먹으려 들 수도 있어요."

태어난 지 1년도 안 된 개가 무슨 잔머리를 굴려 간식 때문에 밥도 굶을까. 나는 병원에 다녀와서도 수의사의 말을 곧이 믿을 수 없었다. 이 순수한 생명체가, 때 묻지 않은 작은 개 한 마리가 간식을 먹기 위해 밥을 굶는 무모한 짓을 할 수 있을까?

이튿날에는 더욱 기함할 일이 벌어졌다. 밥을 굶던 모카가 노란색 토를 한 것이다. 토를 한 후에는 힘없이 누워 나를 말간 눈으로 바라봤다. 나는 또다시 '어디가 아픈가?' 생각의 늪에 빠져들었다. 노란색 토는 개가 밥을 굶거나 배가 고플 때 하는 공복토일 가능성이 크다. 모카가 하루 이틀 굶었으니 공복토일 가능성이 있지만 혹여나 어디가 아파서 밥을 안 먹는 건 아닌지 몹시 걱정스러웠다.

'안 되겠다. 역시 병원에 가야겠어.'

모카를 데리고 병원에 갈 채비를 하던 나는 수의사가 환하게 웃으며 말한 '밥투정'일 수도 있다는 생각에 닿았다. 만약 이게 밥투정이고, 단지 사료 대신 간식이 먹고 싶어 일부러 굶고 토한 거라면 간식에는 반응을 보이지 않을까?

거실로 나가보니 마지막 잎새를 찾듯 창밖을 하염없이 바라보던 모카가 가녀린 표정으로 나를 바라봤다. 나는 발걸음을 천천히 냉장고로 향했다. 모카의 눈동자도 나를 따라 냉장고로 향했다. 냉장고 문을 열고 모카가 좋아하는 닭 가슴살 육포를 꺼냈다. 육포 봉투의 바스락 소리가 발생하는 0.01초 만에 모카는 벌떡 일어나 내 발밑으로 달려왔고 화려한 애교 퍼포먼스를 선보이며 육포를 요구했다. 방금까지 죽어가던 모카는 어디서 이렇게 에너지가 펄펄 솟아난 걸까?

의심스러운 모카의 증상을 확인하기 위해 육포를 다시 봉투에 넣고 이번에는 사료 봉투를 꺼냈다. 사료 몇 알을 꺼내 모카 입가에 내밀었다. 그런데 방금까지 눈에 보이지 않을 정도로 빠르게 꼬리를 흔들며 방방 뛰던 모카는 급히 실망한 눈빛으로 사료를 외면하는 게 아닌가! 그리고 거실 러그 위에 드러눕더니 다시 창밖으로 마지막 잎새를 찾기 시작했다. 드디어 나는 걱정 없이 환하게 웃던 수의사의 표정을 이해했다. 며칠간 애간장을 바짝 졸여대던 모카의 병명은 확실한 '밥투정'이었다.

이날부터 나와 모카의 밥상머리 다툼이 시작됐다. 모카는 간식 외엔 아무것도 먹지 않겠다는 결연한 의지의 '간식 투사'가 됐다. 사료가 맛이 없나 싶어 새로운 사료를 사서 먹여보고, 입맛에 맞는 사료를 찾기 위해 30여 가지 사료 샘플을 구해 먹여봤지만 허사였다. 사료를 전자레인지에 데워 먹이면 잘 먹는다기에 해봤지만 효과는 한 번뿐이었고, 영양제와 파우더를 뿌려봤지만 한두 번 관심을 가진 후에 다시 단식 그리고 공복토가 이어졌다.

마음 굳게 먹고 간식도 모두 끊어봤지만 모카와 나의 신경전만 고조될 뿐이었다. 정해진 식사시간에서 30분이 지나면 사료를 치우는 강수를 뒀지만 모카는 콧방귀만 꼈다. 간식이 아니면 먹지 않겠다는 쇠고집은 흡사 반려견 계의 마리 앙투아네트 같았다. 빵 대신 과자를 먹으면 된다고 말했다는 그녀(물론 이 발언은 왜곡된 부분이 있다.), 사료 대신 간식을 먹겠다는 우리 집 모카.

애간장이 끓다 못해 찢어질 것 같은 날엔 모카를 따라다니며 사료를 한 알씩 입에 넣어줬다. 그럼 한두 알은 받아먹었지만 이내 고개를 돌리고 단식을 이어갔다. 그렇게 졸졸 따라다니며 사료를 먹이던 어느 날, 문득 엄마의 저주가 떠올랐다.

"꼭 너 같은 딸 낳아서 키워봐라. 그래야 네가 얼마나 별난 줄 알지."

어릴 적 편식이 심한 나를 따라다니며 밥을 떠먹이던 엄마가 늘 하셨던 말이다. 언니들과 달리 삐쩍 마른 몸에 편식은 심하고 잔병치레가 숱해서 엄마의 애간장을 끓어 넘치게 했던 내게 한 번씩 화가 치밀어오를 때마다 하셨던 말. 그런데 그 말이 이루어지고 말았다. 낳지는 않았으나 입양한 반려견이 나를 똑 닮는 바람에 나 역시 엄마처럼 졸졸 따라다니며 사료를 먹이고 있는 현실이란.

그리고 사료를 한 알씩 먹이다 나 역시 이따금 치밀어오를 때마다 모카에게 외치게 된다.

"이 못된 계집애야, 거리에 유기견 친구들은 지금 배를 곯고 얼마나 힘들게 사는데! 모카 너는 감사히 먹어야지!"

곁에서 듣던 남편은 소말리아나 북한 아이들과 비교하며 밥 깨끗이 먹으라고 훈계하던 어른들이 떠오른다며 핀잔을 줬다. 나라고 이런 종류의 훈계가 좋을 리는 없다. 하지만 자식 같은 존재의 끼니 챙기기가 이토록 힘들 줄 알았다면 편식하던 과거로 돌아가 내 앞에 놓인 밥 열 그릇쯤은 깨끗이 비우고 싶은 심정이다.

이렇게 될 줄 꿈에도 몰랐던 반려생활 이전의 나와 오늘의 내가 있다. 개를 키우기 전에는 몰랐던 끼니 챙기기의 수고로움이 하루 두 번씩 나를 찾아온다. 공복토를 할 정도로 허기를 참고 간식을 기다리는 모카의 잔꾀가 너무나 얄미우면서도, 곡기를 끊고 버티다 건강을 해칠까 걱정이 든다.

하지만 반려견의 요구조건을 모두 들어주기엔 우리에겐 무언의 선이 있다. 규칙적인 식사와 수면을 하고 운동을 하고 외출 후에는 손을 씻어야만 일상이 무너지지 않는 사람처럼 반려견에게도 요구되는 적정선이 있다. 매일 정해진 시간에 식사를 하고 기분 좋은 순간에 소량의 간식을 먹는 선 정도는 지켜야 모카의 일상과 건강이 무너지지 않기에, 끼니를 두고 벌이는 우리의 신경전은 언제까지고 계속될 일이다.

요즘은 약간의 요령이 생겼다. 새로운 사료를 주면 초반에는 잘 먹는 편이라 두어 가지 사료를 사서 며칠씩 번갈아 먹이는 거다. 거의 일주일 단위로 사료 두어 가지를 돌려 먹이지만 모카 입장에서는 "웬일로 매주 새로운 사료를 주는 거지?"라며 기분 좋게 먹을 수 있도록 말이다.

너와 나의 안전거리

서로를 묶어 얼마나 걸었고, 얼마나 걷게 될까

산책이란 게 슬리퍼 꿰어 신고 당장이라도 나갈 수 있는 것이 아니다. 추운 날은 옷을 걸쳐주고 겨울을 제외한 모든 날엔 해충 방지 스프레이를 몸에 구석구석 뿌려준다. 그리고 모카와 나를 연결하고 사고로부터 구원해줄 하네스를 걸어준다. 하네스는 반려동물을 제어하는 벨트와 끈 등으로 구성된 물건이다. 보통 '목줄'이란 말로 통칭한다.

이 줄의 길이가 모카와 나 사이의 안전거리다. 줄을 절대 놓치지 않도록 꽉 붙들어야 하므로 손잡이를 손목에 걸고 한 바퀴 휘감아 줄을 잡는다. 내가 사용하는 목줄의 길이는 2m다. 하지만 도시에 사는 이상 2m의 줄을 자유롭게 풀어두긴 어려워서 한 손에는 손잡이를 걸고, 나머지 한 손으로 줄의 중간쯤을 잡아 다른 보행자들과 거리를 둬야 한다.

보행자 외에도 조심할 건 수두룩하다. 거리에는 생각지 못한 위험요소가 많다. 사람에겐 별것 아닐 수 있지만 강아지에게는 길 위의 사소한 하나하나가 별것이다. 술 취한 누군가 거하게 토해놓은 물질이나 다른 동물의 배설물을 요리조리 잘 피해야 한다. 공격성 강한 반려동물을 만날 때도 피해야 하고, 급히 달리는 오토바이와 전동 킥보드도 예사가 아니다. 목줄은 타인의 안전을 존중하는 물건이자 모카와 나의 안전을 위해 없어서는 안 될 필수품이다. 상황이 이러니 강아지의 목줄을 잡고 한 손으로 핸드폰 게임이나 메신저를 하며 걷는 사람들을 보면 도무지 이해 불가다.

목줄은 강아지가 앞으로 달려 나갈 때 나아가는 힘을 제어한다. 목과 가슴에 고정된 끈이 동물이 뛰쳐나가지 못하도록 강하게 결박한다. 모카의 경우 목줄이 없다면 1초 만에 10m쯤 뛰어갈 수 있을 것이다. 하지만 인도에서 걸을 때 그런 속도는 사고를 자초하기에 반드시 목줄이 필요하다. 목줄을 걸어두면 1초에 1m쯤 나가는 속도로 걷게 된다.

이를 반대로 사람에게 적용하면 걷거나 달리기를 할 때 몸에 줄이 엮여 정해진 보폭 이상 나아갈 수 없는 느낌 아닐까? 지금 당장 100m쯤 달리고 싶은데 내 몸을 통제하는 줄 때문에 10초에 한 걸음씩 나누어 걸어야 한다면 어떤 느낌일까. 그런 생각을 하면 미안함으로 내 목까지 편치 않은 기분이다. 목줄을 평생 끼고 살아야 하는 반려동물은 오히려 적응을 마치고 무덤덤해질지도 모르지만, 정작 마음이 불편하고 죄책감을 느끼는 건 사람이다.

그래서 종종 오프리쉬(Off-leash)로 거리에 나오는 견주들이 있는 걸까. 목줄을 하지 않고 자신의 강아지에게 자유를 선물하는 동시에 주변 사람들에게 불안과 불편을 선물하는 이중적인 사람들을 오프리쉬라고 한다. 자신의 개는 절대 물지 않는다며 세상에 절대 존재할 수 없는 100%의 확률을 고집하는 그들이다. 게다가 목줄 없이 거리로 나와 뒷짐 지고 느긋하게 산책하는 오프리쉬 견주들은 많아도 너무 많다.

모카를 키운 지 고작 2년여가 됐음에도 나는 오프리쉬 견주를 아주 많이 만났다. 아예 목줄을 하지 않거나 목줄은 채우고 리드줄을 뺀 형태의 오프리쉬들이다. 그들은 마치 외모만 다른 동일인물처럼 똑같이 말한다.

"우리 개는 안 물어."

"물면 돈 물어주면 되잖아."

죽일 듯이 으르렁거리며 모카에게 달려든 개가 한둘이 아닌데도 그들은 늘 당당했다. 더욱이 우스운 점은 남편이 모카를 데리고 나가면 그런 소리가 일절 없는데, 나 홀로 모카와 산책을 나가면 그리 만만해 보이는지 뻔뻔하게 구는 오프리쉬 견주를 자주 만난다는 점이다.

목줄이 개에게 구속이 되는 건 맞다. 앞에서 예를 든 것처럼 10m쯤 나아갈 수 있는 체력과 마음을 모두 지녔음에도 겨우 1m를 나가게 만드는 끈이 몸에 채워져 있으니 구속이다. 나도 가끔 모카의 목줄을 풀어주는데 그건 반려견 운동장이나 반려견 동반 카페에 방문했을 때나 가능한 일이다.

그래서 가끔 나쁜 마음을 먹는다. 언젠가 오프리쉬 견주들끼리 맞닥뜨려 제어되지 않는 강아지들이 싸워 다치면 어떨까 하고. 제대로 훈련받지 못한 그 강아지들이 무슨 죄일까 싶지만, 그렇게나마 후회하길 바라는 심정이다. 상식을 갖추지 못한 견주들이 꼭 상처받기를 바라는 나의 애타는 복수심이다.

안전을 위해 채우는 목줄이지만 내게는 또 다른 감정이 교차하는 물건이기도 하다. 과거 키웠던 여름이에게 조끼 형태의 목줄을 입혀줬는데, 줄과 조끼의 이음새가 끊어져 눈앞에서 죽었다. 그래서 목줄은 내게 안전을 보장하는 동시에 트라우마를 유발하는 장치이다. 지금도 나는 모카 목줄의 이음새를 확인하고 느슨해진 곳은 없는지, 닳은 곳은 없는지 수없이 확인해야만 현관 밖으로 나갈 수 있다.

요즘은 모카와 나를 잇는 목줄 사이의 힘을 감지한다. 팽팽하게 당겨질 때면 조급한 모카의 마음과 호기심이 전해지고, 편안해질 때면 걸을 만큼 걷고 차분해진 상태를 감지한다. 그렇게 목줄이 팽팽했다가 느슨해지기를 반복하며 걷는다. 그 힘이 고스란히 내 손으로 전해지기에 손목 보호대를 착용하며 버티는 날이 있고, 겨울철 산책 때 끼는 장갑은 한 철 지나면 잔뜩 헤져있다.

문득 이런 형태로 우리는 얼마나 걸었을까 헤아려본다. 하루에 몇 킬로미터쯤, 추운 날은 추운 대로 더운 날은 더운 대로 걸었던 거리만큼 나와 모카는 서로를 믿고 의지하고 있을까? 그 기나긴 거리에서 같은 종의 생물이 아닌 우리는 목줄이라는 물건에 의지해 서로를 지켜나간다. 나는 모카의 목숨을 지키고 모카는 나의 안도를 지킨다.

돈 버는
강아지

백수 강아지가 돈을 벌어왔다

아침마다 남편은 출근하면서 부러운 눈길로 모카를 바라본다.

"하, 나도 모카처럼 집에서 놀고 싶다."

결혼한 지 7년째인 지금까지 하루도 빠지지 않고 아침마다 치르는 남편의 출근투정이다.

집에서 일하는 나 역시 모카의 생이 부러울 때가 있다. 모카의 하루는 배변으로 시작해 주인이 차려준 밥을 먹고 거실에서 가볍게 노는 것으로 이어진다. 터그놀이나 노즈워크를 한 뒤 아침잠을 자고 점심때면 일어나 식사하는 내 주변을 기웃거린다. 그리고 신나게 논 뒤 낮잠을 자고 틈틈이 간식을 먹는다. 저녁 식사 후에는 주인과 산책한 후 발을 씻고 잠자리에 드는 유유자적한 견생이다. 게다가 사료나 간식을 신경 써서 먹이고 산책만 다니면 지루할까 봐 반려견 동반카페나 운동장에도 종종 데려가 주니 반려견 입장에서는 호강하는 삶 아닐는지.

그래서 내 친구들 중에는 다음 생에 모카로 태어나고 싶다는 이가 상당수다. 보통의 현대인이라면 노동을 제공해야 하는 직업 없이 놀고먹고 자는 게 전부인 모카의 생이 부러울 수밖에 없다. 하물며 배변까지 누군가 치워주니 왕족과 다를 바 없는 견생이다. 하지만 다시 태어나 모카처럼 사는 게 그리 쉽지만은 않을 것이다. 호화로운 견생을 살고 싶은 친구들이 하도 많아서 번호표 뽑고 기다려야 하니 말이다.

생각해보면 모카와 달리 직업을 가진 개가 종종 있다. 경찰견이나 마약 탐지견 혹은 농장이나 과수원을 지키는 개가 있고, 시각장애인 안내하는 안내견도 있다. 그 개들이 정확한 보수를 받는지 알 수는 없지만 확실한 직업이 있고 주로 낮 시간에 노동력을 제공한다.

반면 모카의 직업은 '백수'다. 돈벌이를 위한 노동이 전혀 없는 반려견의 삶이다. 눈앞의 즐거움을 최고로 치는 욜로 중의 욜로다. 번호표 뽑고 다음 생에 모카가 되겠다는 친구들 말이 허튼소리가 아니다. 번호표는 일단 나부터 뽑고 싶다. 견주 찬스로 1번 안 될까?

반려동물이 돈을 벌지 않는다는 사실은 다시 말해 모든 지출이 반려인의 주머니에서 처리된다는 의미다. 아주 기초적인 비용으로 예방접종비, 기생충 예방약 및 사료 구매 비용이 있다. 샴푸나 배변봉투 등 소모품 비용도 적지 않게 들어간다. 간식이나 장난감을 살 때도 돈이 들고 한 번씩 반려견 운동장을 다녀오는 날은 몇만 원씩 든다. 일 년에 몇 번쯤 전문가에게 맡기는 미용비에 겨울이면 옷도 사 입힌다. 이 외에 노견이 됐을 무렵 큰 병에 걸리거나 수술이라도 받게 되면 목돈이 들 것에 대비해 매달 조금씩 모으는 적금이 있다.

하지만 이런 비용이 아깝거나 많이 든다고 느낀 적은 없다. 오히려 돈이 아깝다고 느끼는 시점은 모카가 한 번씩 사고를 칠 때였다. 산 지 며칠 안 된 러그의 뒷면을 물어뜯어 충전재가 흩날리게 만든 날이나, 후기가 좋아 사준 방석을 하루 만에 모조리 뜯어 누더기를 만드는 그런 때였다.

'직업도 없으면서 왜 이렇게 물건 아까운 줄 모르고 사고를 칠까?'

그런 생각이 들면 나도 모르게 모카에게 '돈벌레'라고 놀리곤 했다.

"이 돈벌레야, 너는 돈 한 푼 안 벌어오면서 왜 이렇게 물건을 망가뜨리니?"

SNS에서 유명한 개들이 유튜브에 등장해 돈을 버는 모습을 보며 모카의 유튜브를 만들어 큰돈은 아니어도 간식값이나 벌어 보려는 시도도 해봤지만, 나나 남편이나 제 할 일을 하면서 유튜브에 매진하기란 여간 어려운 일이 아니었다.

그렇게 돈벌레와의 일상을 이어가던 어느 날이었다. 저녁 식사 후 모카를 데리고 산책을 나간 남편에게 전화가 왔다.

"여보, 모카가 돈을 벌었어."

"무슨 소리야. 개가 무슨 돈을 벌어?"

남편은 모카가 돈을 번 정황을 들려줬다. 해가 지고 어둑한 산책로에서 모카가 풀숲 주변을 킁킁대더니 무언가 입에 물고 왔단다. 바로 현금 8천 원이었다. 남편은 이 상황을 믿을 수 없어 지폐를 한 장 한 장 세어보고 내게 전화를 건 거였다.

"여보가 맨날 돈벌레라고 놀리니까 모카가 돈 벌어왔나 봐."

한 번씩 살림살이를 망가뜨릴 때마다 얄미운 마음에 부른 돈벌레라는 별명에 괜스레 흠칫했다. 하지만 본래 반려동물이란 수입 없이 지출만 발생하는 존재다. 돈 한 푼 벌어오지 않는 식구라도 모카는 내게 지출보다 훨씬 큰 애정과 즐거움을 준다. 내가 아프거나 지친 기색이 있으면 냉큼 달려와 곁에서 초롱초롱한 눈으로 살펴보고, 앓아눕기라도 하면 침대 곁에 앉아 내내 지켜본다. 매일 아침 처음 만난 듯 반갑게 맞아주고, 한 번씩 고즈넉하게 찾아오는 외로움은 따수운 체온으로 쫓아버린다. 집밖에 낯선 기색이 느껴지면 경계하며 나를 지켜주려 들고, 생각지 못한 애교로 내 웃음 함량을 최고치로 이끈다. 그러니 굳이 계산하자면 모카에게 드는 비용에 비해 내가 얻는 게 훨씬 많다. 결국 반려생활은 사람과 반려동물 양쪽 다 득을 보는 일상이다.

그래서 그 8천 원은 어떻게 됐냐고? 시민의식이 투철한 남편이 경찰에 신고했고 현장에 방문한 경찰에게 인계했다. 고작 8천 원을 신고하고 경찰에 넘긴 남편의 행동에 어이가 없었지만 남편은 그보다 모카가 돈을 물어왔다는 자체에 몹시 만족했다.

이후 몇 개월이 지나 돈의 주인이 나타나지 않자(너무나 당연하지만) 경찰로부터 연락이 와 남편에게 송금해준다고 했다. 드디어 다시 수중에 들어온 모카의 첫 수입(?)으로 우리는 반려견용 육포를 사서 모카에게 선물했다.

이처럼 우리 집 모카는 직업 없는 백수지만 한때 돈을 조금 벌어왔다. 오늘도 모카는 나와 공놀이를 한 뒤 거실 러그 위에 편안히 누워 낮잠을 즐기고 있다. 여전히 사고를 칠 때면 내게 돈벌레라며 핀잔도 듣지만 "제가 마음먹고 킁킁대기만 하면 돈 버는 것 아주 우스운 일입니다~"라고 말하듯 위풍당당한 모카다.

강아지가 사람 말을 한다면?

아플 때만큼은 사람 말로 설명해줬으면

이런 말을 꺼내면서도 말도 안 된다고 생각은 하지만, 강아지는 사람 말을 알아듣는다. 눈치껏 알아듣는 게 대부분이겠지만 그래도 일말의 오해 없이 명확하게 알아듣는 말이 있다. 모카의 경우 간식, 맘마, 아빠, 나갈까? 이 네 가지는 확실하다.

'맘마'라는 단어를 말하면 모카는 밥그릇 주위에서 펄쩍펄쩍 뛴다. 사료 봉투와 그릇을 부엌에 가져가 담는 동안 잘 지켜보다가 인심 쓰듯 냉장고에서 펫밀크나 고기 토핑을 꺼내면 모카는 공중곡예를 하듯 점프를 한다. 분명 모카의 발바닥엔 스프링이 내장돼 있을 것이다.

'아빠'도 기가 막히게 알아듣는다. 시계를 볼 줄 모르는(거라 믿는) 모카는 저녁 7시가 되면 현관 앞에 스핑크스 자세로 앉아 남편을 기다린다. 그때 "아빠?"라고 말하면 간절히 남편을 기다린다는 의미로 "히잉히잉" 하고 우는 소릴 낸다.

다른 집 강아지는 산책이라는 단어에 반응한다는데 모카는 "나갈까?"에 반응한다. "나갈까?"를 말하면 모카의 목줄과 외출 용품들이 담긴 거실 장으로 가서 앞발로 문을 탁탁 친다. 내가 키우는 개지만 너무 똑똑해서 현기증이 날 지경이다.

대망의 사람 말, 간식. 이 말은 반응이 너무 확실해서 우리 집에서 거의 금기어다. "간식? 간식 줄까?"를 말하면 모카의 눈은 태양의 신 아폴론처럼 찬란하게 이글거리고 천장을 뚫을 기세로 점프를 하며 냉장고로 달려간다.

하지만 잘못 말하면 큰일 난다. 장난으로 "간식?"을 한 뒤 간식을 주지 않으면 모카의 성난 코가 옆구리에 와서 박힌다. 집에서 일하는 내가 키보드를 칠 수 없도록 팔을 밀어붙이고 다리를 가격한다. 모카의 코는 근육질로 이루어진 게 분명하다. 사람에게 코어근육이 중요하다는데 모카는 '코의 근육'이 있는 모양이다. 내가 모르는 사이 아령으로 코 운동을 하나보다.

아무튼 코 힘이 굉장하다. "간식?"이란 단어를 말하고 간식을 주지 않으면 확실한 코 응징이 있어서 함부로 말하면 안 된다. 간식을 많이 줘서 건강에 좋을 건 없기 때문에 남편과 나는 대화할 때 간식을 '그것'이라고 말한다. 내가 내 집에서 간식을 간식이라 말도 못 하다니.

그밖에 일상에 필요한 몇 가지 말도 확실히 알아듣는다. 기다려, 안 돼, 짖지 마, 앉아 등등. 이처럼 사람 말을 몇 개쯤 알아듣는 모카를 보며 듣는 것을 넘어 말할 줄 아는 모카를 상상해봤다.

전하고 싶은 메시지가 있을 때 눈빛이나 발짓, 행동으로 전달하는 모카지만 사람 말까지 하면 얼마나 편하겠는가. 어지간하면 짖지도 않는 아이라 가끔 무섭거나 억울하면 "히잉히잉"이나 겨우 할 뿐이다. 모카가 말을 한다면 자신이 아프거나 억울한 일이 있을 때 우는 소리로 내 마음을 더 아리게 하는 일은 없을 듯싶다.

예를 들면 모카가 좋아하는 간식을 줄 때 대화는 이렇게 될까.

"모카, 간식 줄까?"

"엄마, 고구마 질려요. 고기 간식 주세요."

음, 이건 좀 마음에 안 든다. 안 그래도 편식쟁이 모카인데 감당할 자신이 없다. 모카의 사람 말이 가장 필요한 순간은 아마 아플 때일 것이다.

"모카야, 어디가 아픈 거야? 자세히 말해봐."

"배가 아프고 메스꺼워요. 기운도 없고 피부도 가려운 것 같아요."

개는 아프거나 몸에 이상 징후가 있어도 아무 말 하지 않는다. 그래서 견주는 늘 섬세하게 반려견의 컨디션을 체크해야 하고 산책 후 피부도 꼼꼼히 봐야 한다. 어디가 아픈지 속 시원히 말해 줄 수 있다면 얼마나 좋을까.

산책, 하니 생각나는 대화가 있다. 이건 정말 감당이 안 될 것 같다.

"모카야, 산책했으니 이제 집에 가자."

"애걔? 고작 한 시간? 엄마 늙었어요? 옆 동네 연지네는 세 시간도 끄떡없다는데 엄마는 왜 이렇게 저질 체력이에요?"

강아지는 1~2살 경 개의 사춘기, 일명 개춘기가 온다. 개춘기에 사람 말을 하면 더 문제일 듯하다.

"모카야, 왜 방바닥에 쉬를 했니?"

"엄마가 뭘 알아."

"모카야, 왜 방석을 다 뜯어놨니?"

"엄마가 뭘 알아."

"…"

그래도 한 번쯤, 자신에게 쏟는 정성을 알아주는 한마디를 할지 모른다.

"엄마 아빠, 항상 맛있는 사료와 장난감 사주셔서 감사합니다."

"엄마, 오늘 정말 재밌었어요! 우리 다음에 또 놀러 가요!"

"다시 태어나도 엄마랑 아빠의 반려견이 될래요."

아마 이런 말을 귀로 들을 일은 없을 것이다. 하지만 지금 이 순간에도 언어가 통하지 않는 나와 모카가 이런 감정과 메시지를 주고받을 수 있다는 건 세상의 신비다. 비록 명확히 글자와 소리로 남길 수 없는 모카의 언어지만 대부분 알 수 있다.

지금 무엇이 싫고, 맛이 없고, 무엇이 좋고, 즐거운지 눈빛과 표정과 손짓과 발짓으로 열심히 전달하는 모카 덕분에 나는 해석하기 쉬운 동물의 언어를 읽는다. 강아지가 사람 말을 한다면 그 광경은 아마 편안하면서 눈물겨운 순간이 되겠지. 상상만으로도 흐뭇하고 찡해지는 그 풍경을 마음속으로 만끽해본다.

우리 동네 파이터

내 전투력을 높여주는 곳곳의 빌런들

첫 신혼집은 복도식 아파트였다. 복도의 가장 끝에 있는 우리 집 현관문을 열고 앞을 바라다보면 스무 개 남짓한 현관문이 조르르 나열된 게 보였다. 우리 옆집엔 헤어진 남자친구가 밤마다 술 마시고 찾아와 문을 열어달라며 울어대는 여자분이 살았고, 그 옆집엔 이웃에 관심이 많은 할머니가 한 분 살고 계셨다.

문제는 그 할머니께서 우리 가정에 지대한 관심이 있으셨다는 거다. 옆옆집이 신혼부부인 게 확실해 보이니 복도에 나와 계셨다가 나나 남편이 눈에 띄면 팔을 붙잡고 호기심 해결에 나섰다. 남편보다는 프리랜서라 낮에 집에 있는 내가 붙잡혔다.

“애는 언제 낳아?”

“색시가 몇 살이야?”

“몇 살에 애 낳을 거야?”

“남편은 어디 다녀?”

소독이나 정수기 관리를 위해 찾아오는 분들의 뒤를 쫓아 우리 집에 불쑥 들어와서 하고 싶은 말을 실컷 떠들거나 살림살이를 두고 잔소리를 하는 일도 예사였다. 그런 무례함이 너무나 피곤한 나머지 대답을 슬슬 피하던 어느 날, 집 앞 쇼핑센터에 옹기종기 모여 수다 삼매경이던 할머니들 사이에서 이웃 할머니가 우리 부부를 흉보는 말을 듣고 말았다.

"우리 옆옆집에 사는 신혼부부는 애도 안 낳고 말이야. 결혼했으면 애를 낳아야지 애를. 뭘 물어보면 대꾸도 잘 안 하고 얼마나 싸가지가 없는지 원."

그때 다짐했다. 다시는 이웃과 어떤 불편한 상황도 만들지 않겠다고. 곧이곧대로 대답을 다 해주다가 지쳐 피하는 일 없이, 불편함을 초래할 어떤 대화도 나누지 않은 채 조용히 살겠다고. 그래서인지 신혼집의 전세 기간이 만료됐다고 집주인에게 연락받았을 땐 속이 시원하기도 했다. 그리고 지금 집으로 이사 오면서 나와 남편은 앞집 사람들과 간단한 눈인사 정도만 나누며 조용히 살고 있었다.

그런 고요함이 깨지기 시작한 건 모카를 키우면서부터였다. 예방접종을 모두 마치고 단지 안을 산책하면서 이웃들과 만남을 피할 수 없었기 때문이다. 굳이 말을 섞을 생각은 없었지만, 간혹 모카가 귀엽다며 웃어주는 이웃에겐 나도 미소로 화답했고 다른 반려견과 견주를 만나면 잠시 인사를 나누며 간단한 정보를 주고받기도 했다. 그 와중에도 조심스러워 개인적인 이야기는 일절 꺼내지 않고 오로지 개와 관련된 짤막한 말만 주고받았다.

하지만 신혼집에서 예상치 못한 이웃으로 피곤했던 것처럼 우리 동네에도 빌런은 있었다. 어느 동네에나 존재한다는 '오프리쉬(off-leash) 빌런'이 우리 동네에도 다수 있었다. 어딘가 커뮤니티에서, 누군가 개를 키우는 사람으로부터, 미디어로부터 전해 들었던 그 유명한 말을 실제로 듣기 시작한 것이다.

"우리 개는 안 물어."

"우리 개는 너무 착해서 안 물어."

"우리 개는 안 무는 애라 풀어놔도 괜찮은데 그쪽 개는 사나운가 봐?"

'우리 개는 안 물어' 타령이 실제로 매우 자주 일어난다는 데서 나는 정신을 차리지 못했다. 내가 사는 단지 안에는 개를 풀어놓고 운동기구로 열심히 운동하는 노인 몇 분이 계셨다. 그분들의 개는 나와 모카에게 달려와 이를 드러내고 컹컹 짖었지만, 돌아온 말은 '우리 개는 안 물어' 타령이었다.

한번은 단지 내 산책로를 걷는데 중년여성이 반려견의 목줄을 풀고 걷고 있었다. 집에서 나올 때는 목줄을 착용했지만 나온 이후 풀어준 듯했다. 중년여성은 줄 없이도 문제없다 생각되는 자신의 반려생활을 과시하고 싶었던 게 아닌가 싶을 정도로 어깨를 유난히 흔들며 걸었다. 하지만 여성의 개는 나와 모카에게 달려들어 격하게 짖었고, 나는 모카를 들어 품에 안고 참던 말을 하고야 말았다.

"목줄 있으시면 착용하고 가세요. 목줄 있는데 왜 안 하세요?"

그리고 오프리쉬 빌런답게 익숙한 타령을 시작했다.

"우리 개가 그쪽 개 물었어? 물지도 않았는데 왜 그래? 그리고 물면 돈 물어주면 될 거 아니야!"

이웃과 불편한 일을 만들지 않겠다고 다짐하던 내 마음속 작은 불씨에 그 뻔뻔한 한 마디는 휘발유를 들이부었다.

"목줄 풀고 나온 주제에 뭘 잘했다고 돈 타령이야!"

그리고 그 자리에서 중년여성과 나는 '누가 누가 목소리가 더 큰가?' 대회라도 하듯 언성 높여 싸우고 말았다. 싸우는 순간에도 누가 듣거나 볼까 봐 창피했지만 뻔뻔하게 물면 돈으로 주겠다며 오프리쉬를 고집하는 그 여성을 도무지 넘길 수 없었다.

십 분 넘게 싸웠지만 중년여성은 끝까지 오프리쉬를 고집하며 산책로를 걸었고, 나는 모카를 안고 반대편으로 걸어가야 했다. 그리고 지금 생각해보면 오프리쉬로 나오는 대부분의 견주는 타인의 항의에 늘 반말로 대응하는 무례함도 고루 갖췄다. 한때 목줄 안 한 개는 촬영해서 불편신고앱에 신고한 적 있지만 언제나 처리 결과는 미흡했다.

목줄만 문제는 아니다. 배변을 안 치우고 가는 견주는 또 왜 이리 많은가. 강아지의 변을 안 치우면 가장 손해 보는 사람은 다른 반려인이다. 산책하며 강아지가 풀숲이나 바닥의 냄새를 맡다가 다른 강아지의 배변을 코에 묻히기라도 하면 팔짝 뛸 노릇이다. 강아지가 배변했는데 안 치우고 당당히 가버리는 사람을 많이 보기도 했고, 왜 안 치우냐고 한마디 하면 역시 빌런답게 대답 없이 가버리거나 "다 거름이 된다."라며 무식함을 자랑하곤 한다.

자신의 사나운 개와 모카를 싸움 붙이고 싶어 전동휠체어를 타고 공원을 뱅뱅 돌며 따라오던 아저씨도 있었다. 한동안 지켜봤더니 그 아저씨는 홀로 반려견과 산책 나온 여성을 따라다니며 자신의 개와 싸움 붙이는 데 재미가 들린 모양이었다. 나와 걷고 있는 모카를 향해 "어이, 누렁~"이라고 부르며 한참 따라온 취객은 또 어쩔 것인가.

이런 일이 종종 발생하다 보니 한때 '이웃과 불편한 상황은 만들지 않겠다.'라고 다짐한 게 무색해지고 말았다. 오히려 전투력이 상승하는 건지 내 목소리는 더 우렁차게 변한 것 같다. 목줄 안한 개가 보이면 즉시 모카를 들어 올리고, 피치 못한 상황에서 불편한 말이 오갈 듯하면 일단 녹음부터 시작한다. 조용히 살고 싶었건만, 나의 생활이 점점 우람하고 방어적으로 변하는 듯해 김이 풀풀 샌다.

그런가 하면 모카 덕에 좋은 이웃을 만나 웃는 날도 많다. 당연하게 배변을 치우는 내게 문화인이라며 칭찬해준 어르신이 있었고, 애교 많고 잘 웃는 모카를 보면 반갑게 인사해주시는 동네 할머니 삼인방이 계시다. 예의 바르게 "강아지 만져봐도 되나요?"라고 묻던 어린이를 봤을 땐 마음이 훈훈해졌다. 오프리쉬 견주와 다투고 속상한 나를 위로해주시던 중년 아주머니의 따뜻한 말씀엔 눈물을 글썽이기도 했다.

우리 집 털북숭이 꼬맹이 덕분에 좋은 이웃과 무례한 이웃을 고루 만나고 있다. 고요히 살고 싶었던 바람은 의도치 않게 훌훌 날아가 버렸다. 어쩌면 마음의 문을 꽁꽁 닫고 있던 우리 부부가 이웃 생활의 온도를 실감한 건 모카 덕분 아닐까. 또 그런 이유로 예상치 못하게 나는 '우리 동네 파이터'로 성장하고 말았다.

인스타그래머 모카

SNS와 현실세계 속 친구 만들기

누군가 SNS가 인생의 낭비라고 했던가. 하지만 나는 SNS를 그리 고깝게 보진 않았다. 내게 SNS란 두 번째 일기장이랄까. 진짜 일기는 나만 쓰고 읽는 곳에 적지만, 다른 사람이 봐도 괜찮은 수준의 일기는 올릴 수 있었다. 평소 읽는 책, 홈 베이킹 결과물, 가끔 여행 사진을 올리는 소박한 사진 일기장.

방문자가 많지 않아도 상관없고, 댓글이나 좋아요 수에도 큰 의미를 두지 않았다. 또 사용하는 SNS라고는 인스타그램이 전부인 데다 매일 들여다볼 정도로 관심과 열의가 크지도 않았다. 인생의 낭비라기엔 너무나 소소하고 아담한 일기장일 뿐이었다.

그랬던 인스타그램에 일상의 큰 부분을 차지하는 모카 사진을 자주 올리게 되면서 약간의 변화를 꾀하게 됐다. 강아지 사진으로 뒤덮이는 걸 기존 팔로워들이 좋아할 것 같지 않았고, 반려동물만을 위한 인스타그램 계정을 만들어 사용하는 이들이 생각보다 많다는 걸 우연히 알게 돼서였다.

그리고 인스타그램을 통해 모카 친구 만들기에 도전하고 싶었다. 모카를 반려견 운동장에 데려가면 신나게 뛰어놀긴 해도 자주 보는 친구만큼 엉겨서 진하게 놀지는 않았다. 개라고 무조건 사람을 좋아하지 않듯, 개들끼리 만난다고 해서 처음부터 무조건 친하게 노는 건 무리다. 당시 집 근처에서 1년 넘게 만나는 친구견이 딱 한 마리 있었는데, 그렇게 틈틈이 만나며 친분을 쌓을 수 있는 모카의 강아지 친구를 인스타그램에서 좀 더 만들어주고 싶었다.

그렇게 인스타그램에 부계정을 만들었다. 몇 번의 클릭과 입력으로 모카 전용 인스타그램이 세상에 짠하고 탄생했다. 몇 개의 사진과 소개 글을 올렸다. 그리고 몇 시간 지나지 않아 생각지 못한 인사들이 쏟아졌다.

"모카야, 나는 00이야. 우리 친구하지 않을래?"

반려동물 인스타그램에서는 서로 팔로워를 맺고 소통하기 위해 먼저 인사를 하는 이들이 수없이 많았다. 현실에서 인간관계를 맺을 때처럼 조심스러울 필요도 없었다. 강아지나 고양이가 계정의 화자인 세계에서 '친구 하자.'라는 말은 전혀 어려울 것도 거리낄 것도 없었다. 사람인 나의 인스타그램에서는 누군가 친구 하자거나 소통하자고 말을 걸면 광고성 계정으로 경계하기에 십상이지만 반려동물의 SNS에서는 단순하게 소통 자체가 목적인 듯했다.

그런가 하면 무슨 사진을 올리든 예쁘다, 귀엽다는 칭찬이 쏟아졌다. 내 강아지가 특별히 예뻐서가 아니라 모든 동물과 생명이 보여주는 천진함과 귀여움에 칭찬을 아끼지 않는 것이었다. 긍정적이면서 모두에게 열려있는 듯한 반려동물 인스타그램의 세계는 그야말로 신세계였다.

그렇게 팔로워가 하나둘씩 늘었다. 나 역시 예쁜 외모나 재치있는 멘트가 적힌 반려동물의 계정엔 먼저 댓글로 친구가 되자고 남기기도 했다. 매일 산책하러 나가고, 코로나 감염증의 영향으로 재택근무하는 내 곁을 24시간 지키는 모카의 사진은 넘쳐났고 올릴 것도 많았다. 그러는 동안 모카의 인스타그램은 2천 팔로워를 넘겼다. 내 인스타그램을 5년 넘게 운영하는 동안 팔로워가 800명대인 걸 생각해보면, 개설한 지 몇 달 만에 2천 팔로워를 보유한 모카의 영향력엔 피식 웃음만 나온다.

팔로워가 늘며 얻은 것도 있다. 친구 하자는 말이 스스럼없이 나오는 세계에서는 협찬도 적극적이었다. 주로 반려동물에게 좋은 어떤 제품을 선물해준다거나, 선물을 받은 후 좋았다면 리뷰를 적어달라는 내용이었다. 모르는 사람이 왜 선물을 주려는지 알 수 없어 대꾸도 안 하고 있었는데, 그게 '협찬'이라는 것을 둔감했던 나는 조금 늦게 깨달았다. 그제야 협찬 제안 중 모카에게 꼭 필요하거나 원재료가 좋은지 확인된 것만 받아 협찬, 광고 등의 문구를 기재하고 리뷰를 남기게 됐다.

물질적인 것 못지않게 많이 얻은 것은 역시 응원과 공감이었다. 기관지염으로 아파하던 모카 때문에 속상할 때 곁의 일처럼 안타까워하며 위로해주고, 기특하고 예쁜 짓을 하면 함께 기뻐해주는 수많은 사람이 인스타그램에 있었다. 그들과 서로 '댕친'이라 부르며 말을 주고받는 세계는 넘치는 온기와 귀여운 동물이 가득했다. 무형의 유토피아였다.

하지만 그 속에서 좋은 감정만 끝없이 흐르기란 쉽지 않다. 애초에 인스타그램을 개설한 이유 중 하나가 모카에게 실제로 만나 자주 놀며 친해질 친구를 만들어주는 게 목적이었다. 한때 지나친 친목을 강요하던 반려견 커뮤니티에 데여 주춤했지만, 맹목적인 모임에 들어가는 게 아니라면 가까운 곳에서 강아지 친구를 만들어 친하게 지내게 해주고 싶었다.

실제로 인스타그램에서 친해져 오프라인으로 만나는 이들이 수없이 많았다. 하지만 실제로 만난다는 건 팔로워를 맺는 것처럼 간단하지만은 않다. 일단 연락을 하려면 다이렉트 메시지를 보내야 하고, 그게 이상하지 않을 정도의 돈독함을 쌓아야 할 일이다.

모카의 인스타그램에는 몇 개월간 매일이다시피 댓글을 나누고 좋아요를 누르는 댕친이 많았다. 그중 두어 명에게 내가 먼저 메시지를 보내 간단한 모임이 이루어진 적 있다. 하지만 내가 먼저 연락해서 만나면 딱 그뿐이었다. 그 이후 내게 연락이 오거나 다시 모이는 기회로 이어지진 않았다.

또 내 연락을 거절한 댕친도 있었다. 일정이 있어 어렵다는 말에 그러려니 넘겼는데 어느 날 보니 나를 거절한 몇 명의 댕친들이 모임을 가진 걸 알게 됐다. 계정에서의 화자는 모카지만, 계정을 운영하고 말하는 사람은 나다. 즉 사람의 일이다. 서운한 건 너무나 당연한 이치였다.

'내가 연락했을 때 안 된다고 거절했으면서, 그들끼리 모이면서 우리 모카를 끼워주고 싶은 마음은 안 들었던 걸까?'

평소 친근하게 지내던 댕친들이 모임을 가진 모습을 볼 때도 비슷한 생각이 들었다.

'나하고도 다 아는 사이고 친하게 지내는데. 이렇게 모일 거면 모카도 불러주지.'

'그렇게 SNS에서 오손도손 친하게 지냈어도 함께할 생각이 들 정도는 아니었구나.'

서운함 앞에서 어른스러움이나 점잖음 따위는 없었다. 오직 서운하고 속상한 게 전부였다. 속상한 감정에 빠져있다 보니 그동안 전부 내 쪽에서 먼저 연락해서 만났을 뿐 상대가 먼저 내게 연락을 줘 만남이 성사된 적은 없다는 걸 알게 됐다. 어쩌면 너무 일방적인 인간관계가 아니었을까? 한쪽만 적극적이고 노력해야 한다면 그 역할을 맡은 자에게 상처가 될 수도 있음을 나는 너무나 잘 알고 있다.

그런 생각을 밟아가며 결국 나 자신에게서 문제를 찾는 단계에 이르렀다. 내가 나이가 많아서, 성격이 별로라서, 호감형이 아니라서 댕친들이 모카를 제외하고 모인 건 아닐까. 타인이 보기엔 강아지 키우는 사람들이 만나는 '그깟 일'이거나 '사소한 일'일 수도 있지만, 소외됐다는 느낌은 그깟 게 되지 못한다.

그렇게 나는 모카 인스타그램을 운영하며 혼자라는 느낌에 사로잡혔다. 정작 핸드폰을 하지 않는 모카는 자신과 관련된 SNS의 문제로 소외감을 느끼는 나를 이해할 턱이 없지만 말이다. 이쯤 되면 SNS가 인생의 낭비까진 아니어도 일상과의 거리감 조절에 실패하면 해가 되는 도구 정도는 분명했다.

거리를 두기로 했다. 며칠간 앱을 삭제하고 마음이 편안해지면 다시 설치하면 그만이다. 그 사이에 멀어지면 멀어지는 대로 두기로 했다. 지금까지 이어진 인연에서 견고해질 것은 견고해질 것이고, 멀어지는 것은 멀어지게 두는 것이다. 사람과 멀어지고 상처받는 데 두려움이 큰 나의 성정은 SNS에 적합하지 못했고 그 세계에 어울리지 않음을 인정하게 됐다.

어울리지 않는 세계에 나를 억지로 끼워 넣고 삐져나온 부분을 잘라내는 일은 멈추기로 했다. 결국, 있는 그대로의 나로 살아가는 게 제일 중요하면서도 어렵다는 사실을 자잘한 상처를 받은 후에야 깨닫는다.

이렇게 상처를 받고서야 어떤 결론에 다다랐지만 그래도 무거운 마음을 풀어내는 확실한 방법이 뭔지는 안다. 바로 모카와 함께 산책을 떠나는 것. 공원을 굽이굽이 걸으며 바깥공기를 마시면 핸드폰을 앞에 두고 하염없이 슬퍼하는 것보다는 훨씬 좋아질 것이다. 이런 내 마음을 알아챘는지 모카가 벌써 현관 앞에서 종종걸음을 친다.

1년짜리 견생에게 배우는 사과와 용서

모카는 어디에서 용서와 화해를 배웠을까?

대개 어떤 사건이 벌어졌을 때 반려동물을 키우는 입장은 항상 용서하고 반려동물이 용서를 받게 될 거라 생각한다. 이 가정이 너무나 당연한 이유는 반려인은 자신의 반려동물에게 말썽을 부릴 목적이나 계기가 전혀 없기 때문이다.

예를 들어 모카는 거실 러그에 배변을 해서 내게 혼났지만, 내가 모카의 방석 위에 배변을 할 리는 없다(생각만 해도 아찔하다). 모카는 밥투정을 해서 내 속을 썩이지만, 내가 식음을 전폐해도 모카는 아랑곳하지 않는다(생각만 해도 너무 서운하다). 모카가 내 옷의 장식을 물어뜯어 망가뜨린 일은 있지만, 내가 모카의 옷을 물어뜯어 망가뜨릴 필요는 없다(생각만 해도 너무 싫다).

그래서 당연히 나는 반려동물을 용서하는 존재, 모카는 용서받는 존재라고 생각했다. 또 이 관계는 몹시 일방적이라 모카는 말썽을 부리고도 사과하지 않는다. 이 역시 몹시 당연하다. 모카는 "미안해요."라고 사람 말을 할 수 없다. 눈치껏 주인의 분위기가 심상치 않다고 느껴지면 곁에 다가와 머리를 기대고 애교를 떨면 그만이다. 내 마음이 어떤지, 얼마나 화가 났는지 모카는 자세히 알 수 없고 알고 싶지도 않을 터다.

하지만 이 당연한 진리가 뒤집힌 날이 있었다. 거실에서 모카와 둘이 장난감을 갖고 놀던 때였다. 모카가 태어난 지 1년이 채 안 됐을 때였는데 어찌나 몸이 날렵한지 몸놀림이 나보다 훨씬 빨랐다. 잽싸게 장난감을 입에 물고 나를 약 올리며 펄쩍거리는 모카가 조금씩 얄미워졌다. 그렇게 장난감을 두고 엎치락뒤치락하며 놀던 중 나는 모카의 몸통을 붙잡았고 재빠른 모카가 내 손에서 미끄러져 나가며 뒷다리가 걸려들었다.

"깨갱!"

모카의 입에서 높은 톤의 비명이 터져 나올 때 이상하리만치 내 주변의 시간은 모두 멈췄다. 마치 칠판을 긁고 지나가듯 날카로운 아픔이 담긴 비명이었다. 깜짝 놀라 바라보니 모카가 멈춰서 나를 바라보고 있었다. 엎치락뒤치락 놀던 차에 내 손이 모카의 뒷다리를 아프게 한 모양이었다. 그리고 1분쯤 모카는 다리를 살짝 절었다.

이래서 개를 키우는 게 무서웠는데.

여름이를 떠나보낸 게 오롯이 나 때문이라고 여겼던 15년 전 가을처럼 나는 얼어붙었다. 나로 인해 동물이 다치고 심각하게 아프다면 나는 동물을 키우면 안 되는 존재 아닐까? 몇 초 사이 이런 자괴감이 몸속에 쑥 들어왔고 눈물이 철철 흘렀다. 방 안에 있던 남편이 놀라서 달려 나왔다. 남편을 붙잡고 말했다.

"역시 나는 개를 키우면 안 되는 사람인가 봐."

남편은 모카의 다리를 확인했다. 다행히 큰 문제는 없었다. 비명을 지르고 1분쯤 지난 후 모카는 아무렇지 않게 다시 펄쩍펄쩍 뛰었지만 나는 가까이 다가가는 게 두려웠다. 남편은 우는 나를 달랬다.

"여보, 괜찮아. 놀다가 그럴 수도 있지. 앞으로 조심하면 돼. 모카는 이제 괜찮아."

"아니야, 나 이제 모카랑 안 놀아. 모카 안 만질래. 나 때문에 또 다치거나 아프면 어떡해? 그럼 나 평생 죄책감 생길 거야."

모카를 키우며 괜찮아진 줄 알았던 오래된 트라우마는 나를 덥석 깨물고 과거로 떠날 채비 중이었다. 트라우마는 거대한 뱀처럼 순식간에 다가와 온 정신을 휘감았다. 나는 소파 위로 올라가 모카를 외면했다.

"안 만질 거야. 내가 만졌다가 다칠까 봐 무서워. 여보가 모카

데리고 좀 떨어져 있어."

"괜찮아, 여보. 모카 좀 봐봐. 모카가 여보한테 왔잖아."

소파 위에 웅크린 채 옆을 내려다보니 다리가 아팠던 건 까맣게 잊은 듯 발랄한 표정의 모카가 내 무릎에 앞발을 얹고 바라보고 있었다. 그 눈엔 원망도, 놀람도, 아픔도 없었다. 해맑은 표정으로 울고 있는 내 얼굴 구석구석을 바라보며 걱정하고 위로하는 듯했다.

'울지 말아요. 저는 정말 괜찮아요.'

모카는 깨갱하고 비명을 지른 당사자이면서 오히려 나를 걱정하는 얼굴이었다. 위로하듯 다가와 앞발로 톡톡 건드리며 웅크린 자세를 풀고 이리 오라고 손짓했다. 나 때문에 잠시나마 아팠으면서 오히려 위로하고 안기는 모카에게 어찌해야 할지 난감했다. 모카는 계속 소파에서 내려오라는 듯 앞발로 나를 건드렸다. 망설이다 바닥으로 내려갔더니 좀 전까지 갖고 놀던 장난감을 물고 내 품에 쏙 안겼다. 뭉실뭉실한 털 뭉치 같은 모카는 혀를 쏙 내밀고 헤헤 웃는 얼굴로 '자, 이제 우리 다시 놀아요!'라고 말하는 듯했다.

생각해보면 키우는 입장이라 늘 용서해야 한다고 생각했을 뿐, 나는 키우는 동물에게 사과하는 방법을 몰랐다. 나쁜 의도는 없었지만 놀던 중에 모카를 아프게 했을 때 어떻게 사과해야 할지 감도 못 잡았다.

그런데 태어난 지 일 년도 안 된 모카는 상대를 어떻게 용서해야 할지, 어색함을 풀고 어떻게 화해해야 할지 자연스레 터득한 것처럼 굴었다. 40년 가까이 살며 사과법도 익히지 못한 나와 달리 모카는 일 년여의 삶 동안 어떻게 용서 비법을 터득한 걸까?

하물며 동물에게만 그럴까. 사람으로 살면서 타인과 화해하고 용서하는 일은 여전히 어색하고 낯설다. 어떤 갈등이 벌어졌을 때 사람들은 앞뒤 맥락과 자신의 기분, 감정에 따라 대응 방법을 선택한다. 혹은 지금 화해하고 용서했을 때 앞으로 어떤 일이 벌어지고 관계에 변화가 있을지 계산도 하게 마련이다. 때문에 인간사의 화해는 종종 냉정하게 완성된다.

하지만 반려동물의 화해는 달랐다. 사람이 터득하지 못한 평화의 기초를 동물인 모카는 본능처럼 꿰고 있었다. 다리가 잠깐 아팠지만 자신에게 해를 입힌 상대를 즉시 용서했고 용서에 '뒤끝'이나 '계산' 따윈 없었다.

모카는 용서라는 단어가 가진 의미에 충실하게 있는 그대로 상대를 용서하고 다시 함께 어울릴 수 있었다. 그러니 사람이라고 해서 무조건 개보다 월등하고 늘 용서만 하는 존재라고 단정 지을 순 없다. 분명 유대 감각에 있어 모카는 나보다 월등했다.

그래서 태평하게 거실 러그에 배변을 하고 내 옷의 장식을 물어 망가뜨리고 한 번씩 밥투정했는지도 모르겠다. 용서도 화해도 본능처럼 자연스러우니 얼마든 괜찮다면서 말이다. 아마 그렇게 말썽을 부릴 때 모카의 속마음은 이런 게 아니었을까?

'괜찮아! 내가 이렇게 저질러놔도 사과하고 화해하면 되니까!'

모카와 살면서 이제야 나는 본연의 화해법을 곁에서 보고 배우는 것만 같다. 그야말로 묻지도 따지지도 않는 용서와 화해, 그 단순하고 순연한 유대 감각을 38년짜리 인생이 1년짜리 견생에게 배우는 신비한 오늘이다.

반려생활이 진로가 된다면

나의 작고 어린 동물이 열어준 새로운 길

한 달에 두 번쯤, 이른바 '애카'에 간다. 키즈카페를 키카라고 부르듯, 애견카페를 애카라고 한다. 사람 중심의 상점에 강아지가 함께 들어가도 됨을 허락받는 애견동반카페와 달리 애견카페는 강아지가 있어야만 입장이 되는 곳이 대부분이다. 그곳에는 강아지 운동장이 있고, 강아지 먹거리를 팔기도 하고, 목줄 없이 울타리 안에 풀어놓는 형태가 갖춰져 있다. 애견카페에서는 강아지가 몇 시간이든 자유롭게 뛰어놀 수 있으니 한 번씩 모카의 스트레스를 풀어주기에 알맞다.

그리고 나와 남편은 언제부턴가 애카에 가면 한가롭게 의자에 앉아 음료를 마시며 머릿수를 센다.

"여보, 여기 지금 사람이 몇 명 정도에 강아지가 몇 정도니까 지금만 해도 얼마쯤 되겠지?"

"여기에 부동산 투자금은 대략 얼마일 거고 그럼 계절특수를 생각해도 일 년에 얼마쯤 벌겠다."

"와, 애카 사장님은 좋겠다."

그리고 집에 오는 길 위에서 모카는 카시트에 쭉 뻗어 자고 우리 부부는 새로운 진로 개척의 꿈을 꾼다.

"우리가 대출 얼마를 받아야 일을 시작할 수 있고, 직원은 몇 명 있어야 할까?"

"우리 본업은 어떻게 하지?"

"몇 년쯤 있다 시작할까? 아, 그때는 우리처럼 애카 차리는 사람 많으려나?"

어쩜 질리지도 않고 애카에 다녀올 때마다 이런 대화가 오가는지 신기할 지경이지만 사실이다. 우리는 애카에 다녀올 때마다 '애카 차리고 싶다.'는 생각에 온통 사로잡힌다. 그리고 저녁을 먹고 여러 날이 지나는 동안에도 이야기를 나누다가 결국 초기투자금과 노하우 등 여건을 생각하며 '일단 보류'로 결론짓는다.

그런데 이런 생각의 루트가 비단 우리 부부만의 일은 아니란 걸 얼마 전 알게 됐다. 다른 견주들과 만나는 자리에서 애카 이야기가 오가면 다들 비슷한 생각을 하고 있었다. 어쩜 이렇게 복사해서 붙여놓은 듯 똑같은 생각을 하는 건지!

다들 '애카' 하면 돈 잘 벌겠다.'에서 시작해 투자금과 운영과정, 인건비를 생각한다. 그러다 현재의 자금 사정과 계획을 생각하며 완전 포기가 아닌 일단 보류로 돌아서는 루트를 모두 비슷하게 밟고 있는 거였다. 애카라는 장소는 견주들의 머릿속에 달콤한 꿈과 설렘만 심어놓고 황급히 돌아서는 구남친 구여친과 같은 존재 아닐까?

애카 뿐만이 아니다. 강아지를 키우다 보면 반려동물 관련 직업을 한 번쯤 꿈꾸거나 실행으로 옮기는 사람이 정말 많다. 모카 중심으로 맺은 인스타그램만 살펴봐도 그렇다. 어느 날 갑자기 반려동물용품과 옷을 파는 견주가 정말 많다. 손재주가 좋으면 수제 간식을 만들어 팔거나 원데이 클래스를 연다. 정말 강아지를 좋아하고 온종일 붙어있어도 좋은 사람은 호텔이나 애카를 열고, 강심장을 지닌 사람은 애견미용사가 되기도 한다.

비슷한 맥락에서 나 역시 강아지 관련 직업을 잠시 고민한 적 있다. 모카의 목걸이를 직접 만들기 시작하면서였다. 잘 꾸미고 다니는 다른 강아지들처럼 목걸이를 하나 사주려다 DIY 키트를 발견했고, 키트를 사서 목걸이 하나만 해주느니 좀 넉넉히 만들어 줄 생각으로 비즈공예 재료를 사기 시작했다.

그렇게 모카 목걸이를 몇 개 만들고 내 팔찌도 만들다가 모카

친구들에게도 하나씩 만들어주다 보니 강아지 목걸이로 자연스럽게 세컨드잡을 구상한 것이다. 거기다 주변 지인들의 칭찬은 세컨드잡이 내게 성공을 불러일으켜 줄 것처럼 용기를 불어넣었다. 특히 수많은 댓글 중에서도 "모카 엄마 금손이에요.", "팔아도 되겠어요."는 밤새 내 마음에 미래지향형 캠프파이어를 지펴댔다.

혹시나 해서 검색해 보니 정말 내가 만들 듯이 강아지 목걸이를 만들어 파는 사람들이 있었다. 물론 나보다 훨씬 좋은 실력과 비결, 감각을 겸비했겠지만, 사실 원재료 값에 비하면 합리적인 가격은 아니었기에 나는 이런 생각을 해봤다.

'나는 어차피 본업도 있고 취미로 만들기 시작했으니까 좀 저렴하게 만들어서 팔면 잘되지 않을까?'

이쯤 되니 마음속에서 나는 이미 동대문 상가에 재료 사러 간 상인이 됐고, 밤새 비즈공예의 꿈을 펼치는 아티스트가 됐다. 돈을 벌어 모카에게 육포와 신상 옷을 사주는 환상이 나래를 폈다.

그럼에도 실제로 나래를 펼치지 못한 건 현실의 디테일이 주는 압박감이 있었기 때문이다. 어쨌거나 장사를 한다는 건 사업자등록을 내고 매번 세금을 내며 일해야 하는 자영업자가 되는 것이다. 식품이 아니라 재고에 대한 부담은 덜하겠지만 어쨌든 초기에 투자해야 할 비용을 들이고 나면 본전 생각에 사로잡혀 취미의 즐거움이 사라질 터였다. 매번 배송하는 수고는 어쩔 것이며 작업공간은 어디에 마련한담. 또 목걸이를 쓰다 끊어지거나 마감이 마음에 안 든다며 CS라도 들어오면 소심한 성격에 좋게 넘어가긴 글렀으니 나의 즐거운 구슬꿰기 시간이 비루한 노동시간으로 변질하는 건 너무나 뻔한 미래였다.

그렇게 보자면 애카도 마찬가지일 것이다. 강아지를 너무나 좋아해서 애견카페나 호텔을 차리고, 요리 솜씨와 사교성이 좋아 클래스나 간식 가게를 열어도 취미가 직업이 되면 따라오는 고충은 온전히 취미를 즐길 때와는 다른 감각으로 찾아올 게 확실했다. 비즈공예는 초기 재료비만 부담한다 치더라도, 넓은 장소가 필요한 운동장과 카페는 임대료와 주차장을 확보해야 한다. 더욱이 공간 청결은 물론 안전관리도 틈틈이 해야 할 텐데 그것이 어떻게 100% 취미일 때의 즐거움과 같을 것인가 말이다.

아마 이러한 생각의 흐름을 많은 견주들이 경험했을 것이다. 한 번쯤 동경하듯 꿈꿔본 반려동물 관련 세컨드잡의 꿈. 끝까지 밀고 나갈 용기가 있다면 새로운 직업이 되는 것이고, 여러 차례 고민하다 현 위치에서 즐기는 선을 유지하겠다며 마음을 접는 나 같은 사람도 있는 것이다. 반려생활이 진로가 된다는 건 나의 작고 어린 동물이 열어준 새로운 길이 될 수도, 한여름 밤의 꿈처럼 즐거운 상상놀이로 끝날 수도 있다.

결국 나는 즐겁게 집에서 구슬을 꿰는 쪽으로 마음을 돌렸지만 이런 경험 자체가 매우 행복했다. 동물을 키우며 새로운 경험이 늘고 그로 인해 생각지 못했던 진로를 상상해보는 것만으로도 나는 이미 얻은 게 많다고 믿는다.

PART
3

우리가 언젠가 이별한다면

'만약'의 블랙홀

만약 내가 키우지 않았더라면

만약, 혹시 있을지도 모르는 뜻밖의 경우.

만약은 가벼우면서 무겁다. 만약은 재미있고 긍정적인 상상이 될 수 있고, 어떤 결과를 누군가의 탓으로 돌릴 핑계를 만들기도 한다. 중요한 선택을 앞두고 신중에 무게를 더할 수도 있다. 하지만 이미 돌이킬 수 없는 결과가 나온 사건이나 사고에 만약을 붙이면 어떻게 되는지 나는 아주 잘 알고 있다. 그것은 끝없는 자책과 아픔, 하찮은 자존감, 번번이 찾아오는 우울함에 속수무책으로 당하게 되는 일이다. 나의 가장 간절한 만약은 여름이의 죽음이었다.

그날의 상황은 지금도 생생하다. 여름이의 사고가 있기 전날, 친구들과 약속을 마치고 늦은 시간 택시를 탔다. 그런데 다음 날 아침 택시에 지갑을 흘리고 내린 것을 알게 됐다. 없어진 지갑을 찾고 있을 때 지갑 속 연락처를 보고 택시기사로부터 전화가 걸려온 것이다. 감사하게도 나를 내려준 근처에 다시 갈 일이 있는데 지갑을 전해준다고 했다. 지갑을 잃어버리고 얼마 지나지 않아 찾게 되니 기분이 몹시 좋아졌다. 개운한 토요일 아침이었다.

'고생 크게 안 하고 지갑 찾아서 정말 다행이다!'

마치 운수 좋은 날 같았다. 지갑을 받으러 가기 위해 세수를 하고 트레이닝복을 챙겨입었다. 그 과정을 옆에서 자그마한 여름이가 따라다니며 똘망똘망한 눈으로 쳐다보고 있었다. 자신도 밖에 나가고 싶다는 신호였다. 어차피 산책은 시켜줘야 하고, 동네에서 지갑을 받아 간단히 사례금만 전달하면 될 일이었다.

"그래, 여름아! 너도 같이 나가자!"

내 말을 알아들은 여름이가 신나서 펄쩍펄쩍 뛰었다. 여름이에게 조끼형 목줄(가슴에 거는 형태지만, 이해가 쉽도록 목줄이라 하겠다)을 걸어주고 이음새를 확인했다. 팽팽한 감각이 손에 들어왔다. 여름이는 워낙 힘이 넘치고 흥분을 잘하는 타입이라 걷지 않고 항상 뛰곤 했다. 집에서 나설 때마다 목줄을 확인하고 나가는 건 예사였다.

현관을 나서자마자 쫑쫑쫑 뛰어나간 여름이는 세상에서 가장 행복한 강아지처럼 날뛰었다. 핑크색 혓바닥을 낼름 보여주며 마치 '언니, 나 지금 너무 기분이 좋아!'라고 말하는 듯했다. 지갑을 돌려주기로 한 택시기사는 마침 우리 동네 근처에 약속이 있었는지, 동네 주변에 주차했다고 연락이 왔다. 그곳으로 가기 위해 횡단보도를 하나 건너야 했다.

횡단보도 앞에 서서 양손으로 여름이의 목줄을 쥐고 있었다. 빨리 건너고 싶어 네 발을 쉬지 않는 여름이와 나 사이에 '으드득' 소리가 났다. 여름이가 입고 있던 조끼에 달린 목줄의 이음새가 뜯어진 거였다. 살 때만 해도 등산 장비처럼 튼튼해 보였던 조끼는 맥없이 뜯어졌고, 걸리적거리던 구속이 느껴지지 않자 여름이는 0.1초의 망설임도 없이 차도로 뛰어나갔다. 여름이가 뛰쳐나가고 내 손에 남은 건 조끼에서 힘없이 떨어져나온 고리와 리드줄이었다.

15년이나 지난 사고지만, 지금도 나는 눈앞에 여름이의 뒷모습이 그려진다. 검은 몸과 귀여운 꼬리의 여름이가 저만치 자유롭게 뛰어나간다. 그리고 왼쪽에서 달려오던 주황색 차량은 그대로 여름이를 치고 달려간다. 빨간 불이었으니 그 차가 달려나가는 건 당연했지만, 그렇게 강아지를 치고도 되돌아오지 않은 걸 나중에 생각해보니 뺑소니 사고였다.

나는 망설임 없이 여름이를 따라 차도로 뛰어들었다. 사람이 뛰어들자 차들이 경적을 울리며 멈춰 섰다. 머리를 꽝꽝 울리는 경적이 길게 늘어졌다. 자칫 나도 크게 다치거나 목숨을 잃을 뻔한 순간이었다. 하지만 차에 치여 쓰러진 여름이를 다른 차들이 다시 치고 가는 걸 두고 볼 순 없었다. 차도에 뛰어들어 여름이를 안았다. 이전까지 한 번도 겪어본 적 없었지만 대강 알 수 있었다. 들어올린 여름이의 항문에서 배설물이 흘러나오고 있었다. 팔다리가 유연하지 않았다.

'여름이가 죽었구나.'

배설물을 흘리는 여름이를 품에 안으니 코에서 가느다란 핏줄기가 흘러나오는 게 보였다. 이번에는 차도 중앙선에 서서 신호등이 켜질 때까지 기다렸다. 아마 1분도 안 되는 시간이었겠지만 1년처럼 느껴져 어쩌면 꿈일 수도 있겠다는 생각도 했다.

'만약 이게 꿈이라면 병원에 가서 살릴 수 있을까?'

파란불이 켜지자마자 동물병원으로 달려갔다. 수의사에게 여름이를 보여줬다.

"우리 여름이 좀 봐주세요. 방금 이 앞에서 차에 치였는데, 몇 분 되지도 않았어요. 살릴 수 있죠?"

난감한 표정의 수의사는 여름이를 살펴보고는 이미 세상을 떠났다고 말했다.

"위로가 될지 모르겠지만 너무 순식간에 죽어서 고통이 없었을 거예요. 자신이 죽는 것도 몰랐을 거고요."

세상살이 일 년 반 남짓 한 내 동생 여름이가 고통 없이 세상을 떠났다는 '사망 선고'를 받았다. 이건 아무래도 꿈 같았다. 하지만 현실이라는 걸 알려주는 신호가 즉시 찾아왔다. 지갑을 돌려주러 찾아온 택시기사의 전화였다. 약속한 시각이 지나도 안 오자 연락한 거였다. 그 전화는 여름이의 죽음이 꿈이 아닌 현실이라는 걸 또렷하게 알려줬다.

수의사에게 여름이의 장례절차를 물었다. 당시에는 반려동물 장례식이라는 개념이 없다시피 했고, 수의사는 동물병원을 통해 화장하는 절차를 안내해줬다. 화장업체에 보내기 전 여름이가 좋아하는 물건을 가져오면 함께 태워준다고도 했다. 그럼 물건을 챙겨 다시 오겠다고 말하고 나가려는데, 진료대 위에 누워 있는 여름이가 너무 작고 여려 보였다. 입고 있던 카디건을 벗어 덮어주며 말했다.

"언니 금방 올게. 여름이, 조금만 기다려."

그리고 현실의 일을 처리하기 시작했다. 택시기사와 약속한 장소에 달려가 지갑을 받고 사례금을 전달했다. 가족들에게 전화해 여름이의 사망 소식을 알렸다. 집에 돌아가 여름이가 평소 좋아하던 나무 장난감과 개껌을 챙겼다. 이대로 보낼 수 없단 생각에 평소 여름이를 아끼던 마음을 담아 작은 편지를 한 장 썼다. 그동안 가족들이 돌아왔다. 가족들도 모두 얼굴이 창백해져 있었다. 함께 동물병원으로 가 마지막으로 여름이의 시신을 들여다봤다. 코피를 조금 흘릴 뿐, 잠들어있는 것처럼 외상 하나 없는 여름이었다. 우리 가족은 모두 무너져내렸다. 너무나 예쁜 우리 강아지, 우리 막내와 병원에서 이별해야만 했다.

집에서 챙겨온 장난감과 간식, 편지를 수의사에게 전달했다. 여름이를 화장할 때 함께 태워달라고 했다. 그리고 집에 돌아온 우리 가족은 많이 울었고 슬퍼했다. 그리고 이내 현실을 살아가기 위해 무척 애를 써야 했다. 다만 사고 현장에 있던 나의 죄책감은 나날이 커지고 있었다.

'내가 만약 지갑을 잃어버리지 않았다면.'

'만약 여름이 목줄을 조끼 형태가 아닌 다른 것으로 샀다면?'

'애초에 여름이가 우리 집이 아닌 다른 집에 입양됐다면 오래 살았을까?'

수 없는 '만약'이 매일 새롭게 나를 지배했다. 하지만 숱한 만약 중 힘이 되는 만약은 한 개도 없었다. 아무리 만약을 되풀이해도 여름이는 죽었고 나는 살아남았다. 지갑을 잃어버린 나 때문에 여름이가 죽은 것 같았다. 만약은 내 마음을 조여왔다.

이제 생각해보면 당시에 되풀이한 만약과 자책은 반려동물을 잃은 반려인이라면 언젠가 겪을 수밖에 없는 과정일지 모른다. 자신으로 인해 반려동물이 죽은 게 아닌데도 모든 게 내 탓으로 느껴질 수 있다. 강아지가 나이 들어 죽거나 지병으로 죽어도 마찬가지다.

'만약 우리 강아지의 건강검진을 좀 더 빨리 했더라면.'

'만약 처음 이상증상을 보였을 때 큰 병원에 데려갔더라면.'

'만약 나보다 더 민감하고 세심한 사람에게 입양됐더라면.'

끝없는 만약에서 벗어나지 못했을 게 너무나 뻔하다. 그리고 만약과 자책이 쌓여 '펫로스 증후군'이라는 난치병에 걸리고야 만다.

하지만 한 차례 지독한 펫로스 증후군을 앓고, 다시 반려생활을 시작한 나는 '만약'의 블랙홀의 위험을 안다. 만약은 반려견을 잃고 슬픔에 빠진 반려인을 구해주지 않는다. 무지개다리 건너편에서 반려동물을 데려오지도 못한다. 먼저 떠난 아이를 추억하며 마음속에 영원히 남아있길 바라는 펫로스의 정도가 있다면, 그 정도를 벗어나 길을 잃어버리게 만드는 게 '만약'의 블랙홀이다.

어떤 만약도 죽은 여름이를 살리지 못했다. 사랑하는 반려동물을 잃고 생각할 수 있는 '만약'이 있다면 경우의 수는 몇 개 없다.

'만약 내가 우울함을 떨쳐내지 못하면 강아지별에 간 우리 강아지도 슬퍼하겠지?'

'만약 세상을 떠난 우리 강아지가 다시 태어난다면 우리 가정으로 찾아올까? 그렇다면 다음에 키울 강아지에게도 최선을 다해야지.'

만약은 반려동물을 잃었던 나를 지독하게 아프게 했고, 모카를 키우며 최선을 다하게 만드는 제약이 되기도 했다. 확실한 건 만약에 너무 많은 지분을 주지 않아야 펫로스 증후군을 덜 아프게 앓는다는 사실이다. 만약에 빠져들지 않는 반려인은 성숙한 새 사랑의 준비를 시작할 수 있다.

꿈속의 여름이

여전히 보고 싶은 내 동생

펫로스 증후군을 지독하게 앓게 만든 주인공, 여름이가 유독 각별했던 이유에는 마당개가 아닌 실내견이었다는 점도 있다. 우리나라 사람들은 마당에서 키우는 마당개와 집 안에서 키우는 실내견으로 나누는 성향이 있다. 사실 이렇게 나뉘는 건 사람의 생활방식에 동물을 끼워 맞췄다고 할 수 있다. 밖에서 키워도 되는 개가 따로 있고, 안에서 키워야 하는 개가 따로 있는 건 아니다. 다만 반려동물을 밖에서 키운다는 건 확실히 혹독하고 처량하다.

여름이를 키우기 전 우리 집에서는 모든 개를 마당에서 키웠다. 마당이 있는 주택에 살았고, 개가 현관 안에만 들어와도 펄펄 뛰는 집안 분위기 덕에 개들의 거처는 실외였다. 그나마 추운 겨울엔 창고에 자리를 만들어줬다만 일교차 심한 우리나라에 살며 실외에 사는 개들이 편안했을 리 없다.

그랬던 우리 가족이 아파트로 이사를 나와 처음 키운 개가 여름이었기 때문에 자연스레 여름이는 실내견으로 자랐다. 가족 중에서도 유독 나를 잘 따랐다. 잠은 항상 내 방에서 내 팔을 베고 잤고 학교에서 돌아오면 희뇨를 흘릴 정도로 기뻐하며 나를 맞았다. 신발을 물어뜯고 벽지를 이로 갉아내는 말썽도 부렸지만, 막강한 귀여움 앞에 우리 가족은 아무도 화를 내지 못했다. 게다가 힘겨운 일을 겪으며 눈물짓는 날이면 마주앉아 내 눈물이 그칠 때까지 걱정스러운 얼굴로 기다려주는 기특한 강아지였다.

마당에서 키우며 때맞춰 밥을 주고 함께 시간을 보내던 개들과, 같은 생활공간에 사는 실내견을 향한 감정은 사뭇 달랐다. 일정한 장소에서 공기를 나눠 마시며 공간을 공유해서일까? 여름이는 사람과 한 치 다를 바 없는 존재였고, 출생신고를 해 동생으로 등록해도 전혀 이상할 게 없는 가족 구성원이었다.

당연히 여름이가 세상을 떠난 건 가족의 상실이었다. 어린 동생을 잃은 거였다. 가족의 귀가를 누구보다 진심으로 기다리던 동생, 항상 내 팔을 베고 자던 작고 여린 동생이 눈앞에서 교통사고를 당해 세상을 떴다. 뺑소니 차량에 치인 동생의 유해를 안고 동물병원으로 달려갔지만 돌아온 건 사망 선고였다. 동생이 죽었는데 나는 입고 있던 겉옷을 벗어 코로 피를 흘리는 시체를 덮어주는 것 말고는 해줄 게 아무것도 없었다.

끔찍한 사고 다음 날, 세상은 매정하게도 해를 띄웠다. 동생을 잃었어도 변함없이 학교에 가고 취업 준비를 해야 한다며 세상은 이부자리에서 나를 일으켜 세웠다. 매일 해와 달이 번갈아 떴다. 시간이 흘러 졸업을 하고 취직을 했다. 시간이 얼마쯤 지나 연애를 하고 친구들과 여행을 갔다. 새집으로 이사도 갔다. 동생을 잃어도 삶은 흘렀다. 그리고 내겐 새로운 아픔이 시작됐다. 바로 꿈속에 여름이가 나오기 시작한 것이었다.

꿈속에서 여름이는 사람처럼 두 발로 걸었다. 어디서 구해 입은 건지 노란 원피스에 모자를 쓰고, 가방도 메고 나왔다. 그런 여름이가 신기해서 쳐다보고 있으면 그토록 듣고 싶었던 사람 말로 내게 말을 걸어왔다.

"언니, 나 유치원 갈 거야."

"언니, 나 이 옷 어울려?"

머릿속으로 상상하던 목소리로 유치원에 간다며 가방을 보여준다. 그리고 어디선가 전화가 걸려오자 앞발로 전화도 받는다. 또 다른 꿈에서는 평소 나와 지내던 모습 그대로 나오기도 했다. 함께 동네 뒷산에 오르던 모습, 큰 공원에서 달리기하던 모습, 옥상에서 함께 눈을 맞으며 펄쩍거리던 모습이 제3자의 시선으로 그려졌다. 행복했던 과거는 선명하게 재생됐고, 늘 변함없이 알람 소리에 눈을 뜨면 연기처럼 사라졌다.

비슷한 내용의 여름이 꿈은 수없이 나를 찾아왔고, 하도 많이 꾸다 보니 꿈속에서도 꿈이라는 걸 알았다. 그래도 나는 꿈에서 최선을 다해 여름이와 뛰어놀았고 여름이의 앙앙대는 목소리를 들었다. 꿈에서 깨면 의지와 상관없이 눈물을 쏟았고 코가 맹맹했다.

그 세월이 자그마치 15년이었다. 15년간 비슷한 내용과 모습의 꿈을 반복하며 펫로스 증후군을 앓았다. 빈도가 적지도 않아서 걸핏하면 여름이의 꿈을 꿨다. 보고 싶은 마음의 해소이자 눈앞에서 여름이를 잃었던 죄책감이 뒤엉킨 나만의 오랜 숙제였다.

그런데 예상치 못한 방식으로 숙제를 완료하게 됐다. 신기하게도 모카를 키우기 시작하며 단 한 번도 여름이의 꿈을 꾸지 않은 것이다. 15년간 숱하게 찾아와 닳도록 선명한 여름이는 모카를 키운 이래 한 번도 꿈에 나타나지 않았다. 모카가 너무 예뻐 여름이를 잊은 건지, 이제 모카를 키우며 괜찮아져 여름이가 찾아오지 않는 건지, 그것도 아니면 모카를 키우게 된 날 비로소 여름이가 무지개다리를 온전히 건넌 건지 알 수 없다. 더 이상 여름이는 꿈에 나타나지 않았고, 울면서 맞이하는 아침도 15년 만에 종지부를 찍었다.

그럼에도 나는 펫로스 증후군이 완치됐다고 생각되지 않는다. 여전히 여름이 이야기를 꺼내면 담담하게 대화를 마무리할 수 없고 가슴을 짓이기는 아픔이 움직거린다. 여전히 여름이는 나의 눈물 버튼이다.

나의 약점이자 애정 어린 여름이. 이름만 읊조려도 눈물이 불거지는 여름이지만, 모카 덕분에 한창 행복하고 즐거운 날이면 조금 흐릿해진 여름이의 모습을 꺼내 보고 싶다. 얼마간 잊힌 여름이를 그리워한다. 이제는 곁을 지켜주는 모카가 있으니 눈물 바람으로 아침을 맞이하지 않겠다고 약속하면서, 먼 곳의 여름이에게 청해본다.

'여름아, 가끔은 언니 꿈으로 와줬으면 좋겠다. 언니가 여름이 얼굴이 잘 기억이 안 나서 그래. 너무 보고 싶다.'

15년간 아픔을 화석처럼 고정했던 여름이의 꿈은 모카를 키우며 사라졌다. 하지만 지워내고 싶지 않은 나의 반려동물, 내 작은 동생을 영영 잃고 싶진 않다. 결국 펫로스 증후군은 완치 가능한 질병이 아니라 평생 간직하는 이력이자 반응점 아닐까. 키우기 시작한 이상 반드시 겪어낼 수밖에 없는 고비, 인간보다 먼저 마감하는 반려동물의 생을 받아들이는 뼈아픈 이해.

펫로스 증후군은 반려생활을 선택한 이상 견뎌내야 하는 아픔이다. 그 아픔만 제외한 반려생활은 없다. 냉혹한 세상의 이치는 떠나보내기 전엔 도무지 헤아릴 수 없고, 그저 깊은 심연 속에서 우리의 이별을 기다리고 있다.

모카와
바다 프로젝트

발가락에 꼽을 만한 견생 최고의 추억 만들어주기

어느 평온한 저녁, 나는 결의에 찬 목소리로 남편에게 선언했다.

"모카에게 바다를 보여줘야겠어."

이 말을 들은 남편은 천천히 고개를 끄덕였지만 이내 '그래서 바다를 어떻게 갈 건데?'라는 의문의 눈길을 보내왔다. 또 이 결정은 모카에게도 매우 중요한 결정이었는데, 함께 앉아있던 모카는 사람 말의 대부분을 못 알아듣기에 눈길조차 주지 않았다.

바다, 반려견 모카에게 바다를 보여주는 것. 그 결정은 어느 가정엔 일상적인 산책이나 나들이에 불과하고 어느 가정엔 그렇게까지 반려견을 위할 필요가 있나 싶은 과함일 수도 있다. 산과 바다와 강부터 비행기를 타고 가볼 수도 있는 수많은 행선지 중에 바다를 목표로 삼은 이유는 아주 단순했다. 오랫동안 함께 하고 싶었지만 일찍 헤어져야 했던 반려견 여름이에게 바다를 보여주지 못한 아쉬움이 내내 남아있었기 때문이다.

오래전 여름이는 가족들과 산, 공원으로 종종 소풍을 떠났다. 그런데 함께 바다를 보러 가자는 약속은 실행할 수 없었다. 사고는 예기치 못한 순간에 벌어지기에 사고다. 여름이도 사람의 말을 대부분 못 알아듣기 때문에 내가 바다에 가자고 선언한 것을 모른 채 사망했지만, 내가 여름이와 이루고 싶었던 계획 하나는 불가능한 채로 꺾여버린 셈이다.

공원과 호수는 우리 집 근처에도 있고, 이따금 인근으로 놀러 나갈 때 모카에게 산과 강은 보여준 적이 있다. 하지만 바다는 달랐다. 쉬지 않고 철썩거리는 파도를 모카는 어떻게 받아들일까? 일정치 않게 다가오는 파도에 발이라도 적시면 어떤 반응을 보일까? 끝이 없어 신비한 바다를 모카는 어떻게 기억할까? 바다의 경이를 꼭 보여주고 싶은 마음은 여름이에게 지키지 못한 약속의 연장선이자 모카를 향한 깊은 애정의 지표였다.

자, 그럼 바다를 가겠다고 마음먹었으니 떠나면 그만일 거라 생각하는 독자들이 있을 것이다. 그런데 우리 가족의 바다행에는 '교통'이라는 걸림돌 딱 하나가 있었다. 나와 남편은 운전을 하지 않는 부부다. 일단 나는 운전면허 취득에 실패한 사람이다. 가늠할 수 없을 만치 큰 공포를 느낀 이후 다시 운전면허 취득에 도전하지 못하고 있다. 남편은 운전면허는 있지만 흔히 말하는 '장롱면허'였다. 게다가 운전을 몹시 싫어해서 남편은 운전하지 않는 데 불편을 느끼지 못했다.

모카와 외출할 일이 있으면 펫 택시를 이용했다. 펫 택시는 동물운송업 정식 등록업체에서 운영하는 서비스다. 우리는 펫 택시를 이용해 반려견 동반 카페를 가거나 야외로 소풍을 떠났다. 예약만 해두면 왕복으로 이용할 수 있어서 우리는 모카와 편안하게 외출할 수 있었다.

또 운전하지 않는 이유 중 한 가지는 우리 부부까지 탄소배출에 동참하고 싶지 않아서였다. 우리나라는 국토에 비해 높은 인구밀도와 그에 비례하는 차량 보유 수를 자랑한다. 탄소배출량 증가에 일조하는 수치에 굳이 1을 보태고 싶지 않았다. 결혼 전부터 우리는 전철역이 가깝고 걸어서 다닐 거리에 편의시설이 모두 위치한 곳에 살면서 평생 운전하지 않는 데 동의했다. 그래서 거리에 펑펑 쏟아져 나오는 매연에 보태지 않는 나와 남편의 생활방식을 은연중에 자랑스러워하기도 했다.

하지만 모카와 바다에 가려면 지금껏 우리가 자랑스러워한 생활방식을 뒤집어야 했다. 굳이 대중교통을 이용한다면 모카를 이동장에 넣고, 기차를 타고, 내려서 다시 택시를 타고 다닐 수야 있겠지만 굉장한 불편을 초래할 터였다. 또 동물을 데리고 타면

승차 거부하는 택시가 아직 많다고도 했다. 기차나 비행기에서 모카가 배설이라도 하면 아무리 우리가 치운다 해도 주변 승객들과 불편을 분담하는 상황이 올 수도 있었다.

그러니 모카와 조금 먼 거리로 이동할 일이 있다면 아무래도 우리가 운전해야 했다. 운전을 싫어하는 남편과 차에 오래 타길 싫어하는 내가 인내해야 하는 선택을 마주한 것이다. 쉽지 않은 선택인 만큼 연습이 필요했다. 그럼에도 우리는 모카를 바다에 데려가기 위한 준비를 시작했다. 이름하여 '모카와 바다 프로젝트'다.

결혼 후 남편에게 한 번도 운전을 요구한 적 없던 나는 처음으로 방문도로연수를 권유했다. 죽을 때까지 택시 타고 다니겠다던 남편이지만 모카와의 여행 준비 앞에서는 자신의 선호를 기꺼이 포기했다. 도로연수는 만일에 대비해 낮과 밤으로 나눠 등록했다. 운전은 재미없다고 툴툴대던 남편은 모카와 바다 프로젝트의 성공을 기원하며 꾹 참고 한 달간 주말을 투자해 도로연수를 받았다. 아무래도 운전을 맡게 될 남편이 나보다는 고생이 많았다.

평소 차멀미가 심한 나는 다양한 멀미약의 종류를 알아보고 내게 맞는 멀미약을 준비했다. 차에서 남편이 지루함을 느끼지 않도록 남편 취향의 음악 리스트를 준비하고, 우리가 모카와 다닐 외출 장소의 리스트를 짰다. 모카가 안전하게 차에 타도록 카시트도 장만했다.

이윽고 남편의 도로연수가 마무리됐다. 연수는 받았지만 남편은 출퇴근만큼은 대중교통을 타겠다는 의사를 고수했고, 나 역시 평소 운전할 일은 없었다. 그래서 당장 차를 사는 대신 당분간 공유서비스를 이용하기로 했다.

우리는 멀리 바다에 가기 전 가까운 곳으로 나들이를 다니며 운전 경험을 늘려보기로 했다. 그리고 적당한 크기의 자동차를 예약해 처음 남편이 운전대를 잡던 날, 뒷좌석에는 카시트에 쏙 들어가 머리만 내민 모카가 우리를 바라보고 있었다. 그토록 싫어하는 운전이라며 툴툴거리던 남편도 어딘가에 도착해 모카가 신나게 뛰노는 모습을 보고는 제법 말투가 누그러졌다.

"그래도 고생한 보람이 있네. 운전은 정말 싫지만 모카가 좋다면야."

우리는 얼마 뒤 바다로 떠난다. 펫 룸이 있는 호텔과 공유 자동차 예약은 마쳤다. 나는 여행지에서 돌아볼 곳을 정했고, 처음 장거리 운전을 떠나는 남편과 모카의 안전을 고려해 준비할 게 있을지 계속 알아보는 중이다.

무사히 바다에 다녀오면 이 프로젝트는 성공적으로 기억되리

라. 남편의 장롱면허를 현실로 끌어내고, 자동차에 대한 나의 거부감을 꾹꾹 눌러가며 모카에게 바다를 선물하려고 시작했던 수개월의 대장정이 마무리되는 것.

어쩌면 이 과정은 우리 부부의 만족을 채우는 시간이었는지도 모른다. 정작 모카는 바다에 감흥이 없을지도 모른다. 그럼에도 과정이 허무하지 않았던 이유는 싫어하고 꺼리던 것을 인내하고 우리 두 사람 외의 존재를 위해 도전하는 경험이 주는 감정의 기폭 때문이었다. 우리가 다른 존재의 안전과 즐거움, 행복, 추억을 위해 노력하는 일이 살면서 얼마나 있을까?

모든 선택에 비용과 결과, 소요시간을 따지던 내가 조건과 숫자를 지워버린 채 모카의 행복만을 추구하며 밟아온 과정은 생에 손꼽히는 순수한 노력이었다. 조건보다 중요한 것이 세상에 너무나 많다는 당연한 진실을 뼈저리게 배운 나날이기도 했다. 언제나 사랑은 주는 만큼 받고 싶은 거라고, 주기만 해서 괜찮은 사랑의 얼마만큼은 허세라고 주장하던 나는 이 일을 계기로 꼿꼿했던 사랑관의 일부를 덧칠해야만 했다.

바다로 떠날 날이 며칠 남지 않았다. 이번 여행은 모카의 생에 있어 아주 오랫동안 가슴 뛰는 기억이 될 수도 있다. 모카 발가락에 꼽을 만한 견생 최고의 추억, 언젠가 노견이 돼서 여행조차 버거운 날이 왔을 때 가만히 창가에 누워 모카가 떠올릴 소중한 추억의 하나가 되도록. 앞으로 많은 곳에 데려갈 생각이지만 그래도 모카에게 주는 '첫' 바다와 '첫' 여행 기억이 아주 먼 미래에 꺼져 드는 모카에게 힘이 되지 않을까. 미래의 그 풍경은 상상만 해도 눈물겹지만, 반려동물의 가슴속에 따사로운 기억을 채워주는 사람이 된다는 건 오늘의 나를 더 좋은 사람으로 만들어주는 게 분명하다.

모카와 바다 프로젝트는 지난봄 성공적으로 마무리했다. 프로젝트의 행선지는 강릉이었는데 모카는 걱정이 무색하게 멀미를 하거나 문제를 일으키지 않았고, 완벽한 여행 매너를 보여줬다.
강릉의 해수욕장에 들어서 난생처음 파도를 본 모카는 어리둥절하게 바라봤다. 발이 푹푹 빠지는 백사장도 처음이고, 파도가 뭔지 모른 채 바닷가에 다가갔다가 파도가 밀려오자 부리나케 도망치기도 했다. 모카와 바다 여행은 완연한 행복이었다. 이후로도 강아지와 함께 다닐 수 있는 곳으로 한 달에 한 번 정도 여행을 다니고 있다.

파양에 꽃길은 없다

동물을 파양한 이들, 행복해도 될까?

모카를 데려와서 단 한 번도 후회하지 않았다거나, 1분 1초도 빠짐없이 행복했다고 말할 순 없다. 입양 후 몇 개월간 기본적인 배변훈련과 어린 강아지의 안전과 건강을 살피느라 나는 2시간 넘게 외출한 일이 손에 꼽을 정도다. 솔직히 말하자면 간혹 모카가 오기 전으로 돌아가고 싶은 날도 있었다. 강아지를 키우면서 그 정도의 불평 없이 단 1초도 후회 없었다고 말하는 사람에겐 오히려 신뢰가 가지 않는달까.

어쩌다 그런 감정이 들었어도 모카를 파양하지 않은 건 몹시 당연한 판단이었다. 강아지를 키우기로 마음먹고 데려올 땐 어떤 모진 시간이 닥쳐도 견디고 책임질 각오가 필요하다. 배변훈련이 힘들어서 손의 피부가 다 벗겨지고, 하루에 몇 번씩 놀아주고 밥을 먹이느라 생활 패턴이 깨지더라도 새 생명을 데려올 땐 그만한 책임감이 있어야 한다. 반려동물뿐만 아니라 사람을 입양하거나 낳더라도 마찬가지다. 그게 바로 이성의 힘이다.

그럼에도 모카를 키우며 주변에서 파양에 관한 이야기를 적지 않게 들었다. 직접 만나지 않은 온라인에서는 더 숱하게 봐왔다. 자주 접속하는 지역 카페에는 강아지를 입양했는데 배변훈련 때문에 스트레스를 받아서 키워줄 사람이 있다면 보낸다는 글이 수차례 올라온 적 있다. 당시 그 강아지는 고작 생후 8개월이었다. 나와 함께 있는 사람을 철석같이 믿고 있을 그 강아지는 사실 보호자가 자길 어디에 보내려고 애쓰고 있다는 사실을 알고 있을까?

강아지를 키우기 시작했는데 알레르기가 있다는 걸 알게 돼 키워줄 사람을 찾는다는 글은 더욱 많이 봤다. 우리나라에 강아지 털 알레르기를 보유한 사람이 그리 많은 줄은 몰랐는데, 입양하기 전 알레르기 검사 한 번 하는 게 그리 어려웠나 생각하면 화도 조금 난다. 나도 알레르기 검사를 해봤는데 몇만 원이면 자세히 결과를 알 수 있었다. 강아지를 데려오기 전 동네 병원에 가서 검사 한 번 했으면 될 일이다. 하지만 사실 그들도 나도 이미 알고 있다. 알레르기는 핑계에 불과하다는 것을.

파양된 강아지가 운이 좋아서 새 견주를 만나는 일도 있다. 최근 알게 된 어떤 사람은 길에서 유기견을 발견해 주인까지 찾았는데 주인이 키울 형편이 못 된다며 그냥 버려달라고 했다고 한다. 결국 유기견을 발견한 사람이 본래 키우던 강아지까지 두 마리를 키우고 있다. 제일 어처구니없는 경우는 비숑을 입양한 사람이 비숑 치고 다리가 길어서 순종이 아닌 것 같다며 파양한 경우다. 다리가 긴 게 파양의 원인이 된다는 게 상식적일 수 있을까.

강아지를 파양하는 사람들의 핑계는 닮은 구석이 있다. 외로워서 강아지를 데려왔는데 막상 키워보니 강아지 혼자 있는 시간이 너무 많은 게 미안해서, 기존에 키우던 강아지와 사이가 너무 안 좋아서, 잘할 수 있을 거라 생각했지만 키워보니 자신은 부족한 사람인 걸 알게 돼서 등의 사유다. 혹은 사유를 밝히지도 않고 키울 수 없는 상황이라고만 말하기도 한다. 그들은 한결같이 강아지에게 미안해서 파양하는 듯, 강아지가 더 나은 환경에서 자라길 원하는 마음에 파양하는 듯, 자신의 여리고 착한 마음을 어필하며 정당성을 만들고자 한다.

이별 노래에서도 제일 우스운 게 사랑해서 헤어진다는 소리다. 강아지에게 미안해서 파양한다는 것도 마찬가지다. 아무것도 모르는 생명을 버리면서 “이게 다 너에게 미안해서 그래.”라고 말하는 잔악함. 그런 사람들은 훗날 결혼해서 자녀를 낳은 다음 집안 형편이 어려워지고 육아가 힘들면 다른 집에 키워달라고 보낼 것인가.

이렇게 말을 하면 일부는 되묻는다.

"사람하고 개가 같니?"

논리가 없는 사람들의 최종방어는 사람과 개가 다르다는 소리뿐이다. 맞다, 사람과 개는 같을 수 없다. 강아지는 길에서 굶어 죽는 한이 있더라도 자기 새끼를 버리지 않는다. 사람은 자신이 힘들어지면 강아지를 다른 가정에 버린다. 그래놓고도 자신의 끼니는 거르지 않을 것이다. 그게 사람과 강아지의 차이라면 차이일 것이다.

또 말이 좋아 파양이지, 그들은 잠깐 강아지를 키우는 기쁨을 맛본 후 다른 가정에 유기한 것과 다름없다. 강아지 파양과 유기는 같은 의미다. 우리나라는 몇 년째 유기견 문제가 심각한 편인데, 미안하다는 핑계와 눈물 뒤에 숨어서 오늘도 유기견의 수에 1을 더하는 사람이 많아도 너무 많다.

글을 쓰던 중 궁금해져서 포털사이트에 강아지 파양을 검색해봤다. 아니나 다를까. 파양한 강아지의 재입양을 주선하는 업체의 홍보 글이 가득하다. 그들은 파양이 강아지에게 꽃길이라는 둥, 행복한 앞날이라는 둥 어처구니없는 문구를 남발한다. 이런 어이없는 상술은 미안하다는 핑계를 대는 견주들과 찰떡궁합이다. 미안해서 파양하겠다는 견주와 그런 파양견을 비싼 값에 받아 다시 재입양을 하겠다는 업체는 서로의 죄책감을 상쇄한다.

파양된 강아지가 새 가족을 만나 행복하게 사는 경우도 있다. 다만 그 아름다운 비율은 전체 파양견과 유기견 수에 비하면 턱없이 낮다. 그 적은 확률에 기대 오늘도 내가 키우는 강아지를 다른 곳에 보내고 싶어 하는 견주에게 난 꼭 이 말을 하고 싶다. 지금 당신이 하는 생각은 단순히 파양이 아니라 살해계획에 다름없다고 말이다.

파양된 강아지가 새 가족을 못 만나고 업체나 보호소로 들어가면 열악한 환경에서 건강을 해치고 위축된 채 아픔을 견디며 연명할 가능성이 크다. 그나마 보호소나 임시보호처에 들어가면 다행이다. 거리에 유기된 채 지자체에 신고되면 며칠 뒤 안락사를 당하게 되고, 거리에서 생활하며 교통사고를 당하거나 다른 동물에 물려 다치고 장애가 생기는 등 처절한 삶을 버텨야 한다. 그렇게 될 미래를 알면서도 강아지를 다른 곳에 보내거나 버리려는 사람은 자신이 선택한 동물의 살해를 계획하는 것이다.

독일에서는 만 18세 이상의 사람이 정부가 허가한 동물보호소에 방문해 반려동물 기본상식과 훈련 수업 등을 이수한 후 최종 테스트를 통과해야만 입양이 가능하다. 우리나라처럼 돈을 얼마쯤 내면 누구나 반려동물을 데려가는 구조와 달리 반려인들이 책임감을 느끼고 동물을 키울 수 있는 구조다. 우리나라도 이와 같은 시험과 절차가 필요하다.

그런가 하면 독일에서는 오래전부터 반려동물 보험과 보유세 제도가 시행되고 있다. 정부가 운영하는 반려동물 보험에 의무적으로 가입해 적절한 의료비만 지출하고 보유세는 반려동물을 키우는 환경 조성에 쓰인다.

우리나라에서는 반려동물 보유세를 걷어 유기견 관리에 쓰인다고 해서 논란이 된 적 있다. 강아지 버리는 사람 따로, 버려진 강아지 보호하는 사람이 따로 있는 꼴이다. 솔직히 보유세를 내고 그게 제대로 반려동물 복지와 환경 조성에 쓰인다면 얼마든 낼 의향이 있다. 지금처럼 타인이 저지른 사고 뒤처리에 쓰이거나 어디에 쓰이는지 깜깜무소식 세금이 될 게 아니라면 반려인 대부분이 동의할 부분이다.

반려생활의 시작은 누구나 비슷하다. 잘 키우겠다, 예쁘고 행복한 강아지로 만들어주겠다, 사랑만 주겠다며 데려올 것이다. 하지만 손이 많이 가는 반려생활을 경험하면서 숨겨왔던 이기적 본성이 두각을 드러내는 게 아닐까.

그 과정에서 죄 없는 동물들만 희생된다. 그런 종류의 사람들은 인간으로서의 존엄을 지켜줄 명분도 없다고 본다. 자신이 선택한 동물을 내다 버리고 편안함을 취할 인간에게 존엄을 지켜줄 필요가 도대체 어디 있을까.

가끔 상상해본다. 내 주변에 새 가족을 찾은 파양견, 그들의 첫 견주들은 지금 이 시각 무엇을 하고 있을까. 여행을 다니며 까르르 웃고 맛집을 찾아다니고 인간관계를 만들고 게임을 하거나 콘텐츠를 보며 유희를 즐길 게 분명한 그 사람들을, 그리고 한때 그런 이기적인 사람들에게 버려져 지옥을 경험했을 파양견의 과거를 생각하면 사람의 민낯이란 도대체 얼마나 부끄러운 것인가 한탄스럽기도 하다.

미래의 장례식

이별의 순간까지 최고로 행복할 것

과거의 나는 꽤 염세적이었다. 연애를 할 때는 주로 이런 생각을 했다.

'어차피 헤어질 사이니까 너무 잘해주거나 사진도 많이 찍지 말아야지.'

'한가한 시간에 재밌게 지내다 감정이 식으면 적당히 헤어져야겠지?'

이런 생각은 행동에서도 드러난 모양인지, 연애 시절 남편은 자꾸 거리를 두는 나 때문에 마음고생이 심했다고 한다. 이처럼 염세적이고 거리를 두는 생각과 태도는 이별을 두려워하는 마음에서 비롯됐을 것이다.

지금도 이별이 세상에서 가장 두려운 나는 새로운 인간관계를 만들어갈 때 한동안 거리를 둔다. 혹여나 사정이 생겨 사람들과 멀어지는 상황이 두려운 나머지 마음을 터놓고 가까워지는

데 오래 걸린다. 나는 이별이 세상에서 제일 두려운 사람이다. 그러면서도 확실한 이별이 정해져 있는 새 사랑을 시작하고 말았다. 모카를 키우기 시작했다는 건 세상에서 가장 끔찍한 이별을 이미 알고도 받아들였다는 의미 아닐까?

어떤 말로도 부정할 수 없는 이별이다. 아무리 건강관리를 열심히 하고 매사 조심한다 해도 반려동물의 수명은 사람보다 짧을 수밖에 없다. 짧으면 10년 남짓, 길게는 20년 정도가 반려견에게 주어진 시간이다. 모카를 키우기 전 가장 고민한 부분도 결국 나보다 먼저 세상을 뜨게 되는 반려견의 죽음을 받아들일 수 있느냐의 문제였다.

그럼에도 우리는 사는 동안 최선을 다해 행복하게 지내자며 모카를 가족으로 받아들였다. 각오하고 받아들였지만 모카와의 이별이 괜찮다는 뜻은 아니었다.

'언젠가 모카가 죽으면 난 어떡하지?'

평소처럼 모카와 장난감으로 놀아주던 중 갑작스레 슬픈 상상이 떠올랐다. 손을 휘휘 저어 지워낼 수 있다면 좋으련만 무서운 상상은 한 번 떠오르면 쉽게 지워낼 수 없는 법. 모카의 죽음은 미래에 겪어내야 할 나의 현실이기도 했다.

핸드폰으로 '강아지 장례식'을 검색했다. 검색 결과를 제대로 읽기도 전에 눈에서는 눈물이 줄줄 흐르기 시작했다. 아직 일어나지도 않은 동물의 죽음이지만 상상만 해도 가슴이 아려왔다. 여름이를 잃고 겪어본 일인데도 담담해질 수 없었다. 이런 내 모습에 누군가는 십수 년 후에나 닥칠 일에 벌써 눈물바다냐고 비웃을지도 모르겠다. 그런데 신기하리만치 모카의 죽음은 상상만으로도 몹시 큰 위협이었다.

잠시 숨을 고른 뒤 검색 결과를 살펴봤다. 검색화면에는 24시간 운영하는 반려동물 전문 장례식장이 여럿 있었다. 사람과 마찬가지로 반려동물도 언제 세상을 떠날지 알 수 없으니 언제든 연락이 가능한 것으로 보였다.

장례식장에 연락해 장례식을 예약한 뒤 방문하면 동물 수의와 유골함 등을 선택해 장례를 치르는 듯했다. 여름이가 죽었을 때는 사망을 확인한 동물병원에 장례를 의뢰했는데, 이제는 직접 장례식장을 선택하고 수의도 입힐 수 있으니 장례방식이 많이 좋아졌다고 느껴졌다. 또 한편으로는 방식이 다양하고 선진화된 만큼 홍보내용과 달리 성의 없는 절차로 반려인의 마음을 아프게 하는 업체들도 종종 있어 조심할 부분도 있어 보였다.

언젠가 먼 훗날, 나의 반려견도 질병이나 노화로 인해 세상을 뜨게 되면 어떤 절차를 밟아야 할지 머릿속에 순서를 그려봤다. 무지개다리를 건너는 순간에 곁을 지키고, 사망이 확인되면 미리 선택한 장례식장에 연락해 예약을 하고, 그때까지 깨끗한 수건으로 감싸 시신을 보호하고, 시간 맞춰 품에 꼭 안고 가 헤어짐의 단계를 하나씩 밟아갈 터였다.

그야말로 십수 년 후에 벌어질 이별은 구체적으로 상상하니 더욱 아팠다. 내 곁에 등을 붙이고 앉아있던 모카를 꼭 끌어안았다.

"모카야, 안 죽고 엄마처럼 오래 살면 안 될까?"

자신의 수명이 얼마쯤인지, 어떤 미래가 펼쳐질지 아무것도 모르는 모카는 그저 등을 부비고 혀를 할짝대기만 했다.

그날 퇴근하고 집에 돌아온 남편에게 내가 상상하고 생각한 내용을 전했다. 염세적인 나와 달리 긍정적인 남편은 이별을 미리 짐작하려 들지 않았다.

"걱정 마, 모카는 피닉스야. 안 죽고 우리랑 오래 살 거야."

그 말에 나도 잠시 웃고 무거운 마음을 털어냈지만, 반려동물의 죽음 이후 절차에 대해서는 남편도 진지하게 생각해보는 눈치였다. 그런 대화를 나누며 어느 순간에 응급실에 가야 할지 모르니 계획에 없던 차를 사는 것도 구체적으로 논의했다.

모카를 키우기 전부터 남편과 약속한 게 있었다. 혹여나 모카가 죽음을 앞두게 되면, 수명을 연장하느라 과도한 의료 조치로 모카를 괴롭히지는 말자고, 억지로 모카를 붙잡느라 힘겹게 만들지 말자고 약속했다. 하지만 구체적으로 모카의 죽음을 상상할수록 약속을 지킬 자신이 사라진다. 최대한 오래 살도록 할 수 있는 모든 것을 시도하면 모카를 괴롭혔다는 후회가 생길 수 있고, 반대로 손도 제대로 못 써보고 보낸 것에 후회할 수도 있다. 어느 쪽이든 후회가 생길 수밖에 없는 이별, 모든 반려인에게 예정된 너무 가혹한 이별이다.

예정된 이별에 절망할 미래를 떠올리며 나는 한 가지를 더 상상하게 됐다. 이별을 앞둔 존재, 모카의 마음이었다. 헤어짐을 앞두고 한없이 슬퍼하고 절망할 우리를 보며 모카의 마음은 어떠할지, 모카가 바라보는 세상은 어떤 곳일지 그려보게 됐다. 천상병 시인의 시에 나오듯 모카도 아름다운 이 세상 소풍을 끝내고 행복했다며 눈감게 될까. 숨이 넘어가는 순간에 고통 없이 행복했다는 마음 하나만 갖고 떠날 수 있을까.

내가 처할 아픔을 상상하는 데 이어 모카의 시선으로 죽음을 상상하며 나는 태어나 처음으로 어른이 되고 싶다고 생각했다. 이 나이 먹도록 자신을 어른으로 생각해본 적 없고 어른스러워지려 노력한 적이 없지만, 모카 생의 가장 끝 순간까지 책임져야 한다는 사실에 문득 어른이 돼야겠다고 마음을 먹었다. 배우자로서 남편과 생의 끝까지 행복하게 살자고 약속한 것처럼, 우리 부부로부터 생의 희로애락이 좌우될 모카의 세상을 위해 나는 이제야 책임감 두둑한 어른이 되고 싶어진다.

아마 반려인이라면 모두 반려동물의 죽음을 단 한 번이라도 상상하게 될 것이다. 피하고 싶어도 피할 수 없는 그 상상 앞에서 나처럼 눈물을 쏟거나 슬퍼할 수도 있다. 하지만 당장 해줄 수 있는 게 별로 없다는 것도 금방 알게 될 것이다. 미리 건강을 잘 챙겨주고 평소 안전에 신경 쓰는 것 말고는 이별 앞에 너무나 불리한 반려인의 숙명이다.

먼 미래에 마주하게 될 장례식을 생각하며 곁의 모카를 꼭 끌어안았다. 내가 미리 슬퍼하든 말든 모카는 실타래 장난감을 물고 오더니 놀이나 하자며 나를 부추긴다. 지금 할 수 있는 건, 지금 행복한 것밖에 없다는 뚜렷한 현실감을 다시 한번 느꼈다.

지켜보는 이별

곁에서 펫로스를 지켜보는 마음

모카를 데려오기 전 고민하던 내게 조언을 주던 동생이 있다. 동생은 태어날 때부터 늘 집에 개가 있었고, 나이 든 개를 떠나보내고 또 다른 개를 키우며 늘 개와 함께하는 반려생활에 익숙한 사람이었다. 키우던 반려동물이 먼저 떠날 것을 두려워하는 대신 키우는 동안 후회 없이 사랑해주라고 당부했던 동생이었다. 어차피 헤어질 거라면 연애할 시간도 아까워하던 내가 마음을 고쳐먹는 데는 동생의 진심 어린 당부가 큰 역할을 했다.

모카를 데려올 무렵 동생은 두 마리의 개를 키우고 있었다. 한 마리는 11살 몰티즈 별이, 또 한 마리는 6개월 남짓 된 진돗개 둥희였다. 둘째 둥희를 데려올 때 별이는 이미 11살 노견으로 심장이 건강치 못한 상태였다. 직접 설명하진 않아도 언젠가 세상을 떠날 별이의 빈자리를 걱정하며 둥희를 데려온 거라 짐작할 수 있었다. 동생의 반려견들은 잘 지냈고 잘 자랐다. 회복이 빠르고 감정표현에 솔직한 개의 생태적 특성은 동생이 즐겁게 사는 데 도움이 됐다. 행복해 보이는 반려가정이었다.

보기 좋은 풍경은 계속될 것 같았다. 인생의 호시절은 어쩐지 영원할 것 같고, 호시절의 끝은 비현실적인 느낌마저 든다. 11살 별이는 13살이 됐고 매일 심장약을 먹었으며 몸 상태가 심상치 않으면 병원에서 케어를 받으며 지냈다. 견주 입장에선 아픈 강아지를 노심초사 바라보면서도 하루라도 더 살릴 수 있다는 희망으로 가득 찬 시기였으리라. 그러나 산책을 잘 다녀온 어느 저녁부터 별이는 숨이 가빠지기 시작해 이틀 만에 무지개다리를 향해 발걸음을 뗐다.

15년 전 아득하게 강아지를 떠나보낸 내가 가까운 곳에서 타인의 펫로스를 지켜보기는 처음이었다. 마치 슬픔이 전염되듯 동생의 소식에 덩달아 가슴팍이 조여왔다. 직접 별이를 키운 적이 없는데도 몸 일부가 떨어져 나간 듯 상실감이 밀려왔다. 모카를 키우며 잊었던 이별의 아픔이 지인의 펫로스 소식에 다시 상기된 듯 온몸이 떨려왔다.

차마 전화를 하기엔 상황을 종잡을 수 없어 위로의 메시지를 보냈다. 동생은 마음 추스르면 다시 연락을 준다고 답장을 보내왔다. 내가 경험한 15년 치의 슬픔을 동생은 어떤 모양과 시간으로 보내게 될까. 눅눅한 마음은 쉬이 마르지 않았다.

그리고 예상보다 빨리 동생으로부터 연락이 왔다. 조만간 한 번 놀러 오기로 했던 동생이 날짜를 좀 더 당기자고 했다. 별이를 잃고 당분간 만나기 어려울 줄 알았건만. 날짜를 당겨 그 주말에 동생 내외가 우리 집에 방문했다. 동생 내외는 웃는 얼굴로 초인종을 눌렀다. 그렇게 만나 식사를 하면서도 조심스러워 안부를 제대로 묻지 못하고 허둥댄 건 나였다.

'괜히 물어봤다가 눈물이라도 터지면 미안해서 어쩌나.'

'그래도 큰일을 겪었으니 안 물어보고 넘어갈 순 없는데 언제 물어보지.'

참아왔던 질문은 식사를 마치고 커피를 마시며 겨우 꺼내볼 수 있었다.

"별이가 떠났는데, 남은 둥희는 괜찮아?"

둘째였던 둥희에게 별이는 체구만 작은 '언니'였다. 함께 산다고 반드시 살갑게 지낼 필요는 없지만 난 자리는 모를 수 없는 것. 아직 별이가 떠난 지 얼마 안 돼서인지 둥희는 별이가 병원에 간 정도로 알고 있다고 했다.

"언니, 나는 별이 떠나보내고 다음 날 바로 별이 물건 전부 치웠어. 별이 물건만 보면 울 것 같은데 내가 우울해하면 둥희도 우울할까 봐. 가끔 울컥하지만 잘 참아내고 있어."

이 말을 하면서 동생은 눈물을 반짝 비쳤다. 원래 약속했던 날짜보다 앞당겨 우리 집에 온 것도 펫로스 증후군에 빠지지 않으려 노력한 게 아닌가 싶었다.

그리고 건강이 좋지 않아 이별이 짐작되는 반려동물을 키울 때 준비하면 좋은 점들도 이야기해줬다. 별이는 3kg대 작은 강아지라 어느 장례식장에서든 장례를 치를 수 있었다고 한다. 별이의 장례를 치른 곳에서는 5kg 이하인 동물만 가능하다고 했다. 규격화된 관을 사용하기 때문이다. 그러니 5kg이 넘는 모카나 좀 더 큰 중·대형견은 건강이 많이 안 좋아질 무렵 이용 가능한 장례식장을 최대한 알아보는 게 좋다고 했다. 또 장례식장마다 선택할 수 있는 옵션이 달라서 유골을 담아주는 방식, 비용이 제각각이란다.

동생은 별이의 건강이 부쩍 나빠지면서 장례식장을 알아봤다고 했다. 예고 없이 여름이와 이별한 나는 그럴 겨를이 없었지만, 미리 준비할 수 있었다면 덜 고통스럽지 않았을까 생각해본다.

그리고 동생은 SNS에 별이와 둥희의 일상을 줄곧 기록해왔는데, 별이를 떠나보낸 후 SNS가 남아있어 다행이라고 했다.

"예전에 키운 강아지는 핸드폰에 저장한 사진이 전부였고, 핸드폰을 바꾸면 그마저도 덜 보게 되잖아. 그게 내내 아쉬웠는데 SNS는 기록하고 편하게 볼 수 있어서 좋은 것 같아. 그동안 별이 사진을 많이 남겨놔서 다행이야."

반려동물을 키운 이상 반드시 겪을 수밖에 없는 펫로스의 슬픔을 조금이나마 덜기 위해 동생은 한동안 준비운동을 해온 듯했다. 모카를 키우기 전 내게 조언했듯 키우는 동안 최선을 다해 사랑해준 덕에 무너지지 않았던 동생의 안부는 그렇게 확인할 수 있었다.

그런 동생에게 해줄 수 있는 건 같은 아픔을 정도의 시간 차이만 두고 똑같이 겪게 될 반려인으로서 곁을 지켜주는 것뿐이었다. 감히 잊으라고 말할 수 없고, 시간이 얼마쯤 지난다고 괜찮아질 수도 없는 거대한 아픔을 누구보다 잘 이해할 수 있는 사람은 곁의 반려인들 아닐는지.

만약 주변에 반려동물을 떠나보낸 사람이 있다면 괜찮아질 거라며, 시간이 약이라며 망각을 부추기지 말고 기다려주자. 먼저 세상을 떠난 반려동물은 결코 잊을 수도, 괜찮아질 수도 없다. 먼저 세상을 떠난다고 반려동물에 대한 사랑이 줄거나 사라지는 것도 아니다.

그저 시간이 지날수록 아픔이 무뎌지고 일상의 일부가 되어 기억 속 소중한 존재로 남게 될 뿐이다. 그래서 떠난 동물의 이름을 불렀을 때 눈물 대신 추억이 떠오르도록 응원하고 기다려주는 게 곁의 반려인이 해줄 수 있는 최선의 배려라고 믿는다. 반려인들 사이에 무언으로 맺은 연대이기도 하다.

다시 시작되는 펫로스

코로나 시대를 살면서 바깥 활동이 부쩍 줄었다. 프리랜서 작가로 방방곡곡을 누비는 생활을 하다가 온종일 서재에 틀어박혀 일하며 숨 막힌다는 느낌을 자주 받았다. 약하게 우울증을 앓아 상담도 받았다.

그런 약체의 삶을 사는 내게 환풍구가 있었다면 하루에 한 번씩 나가는 모카와의 산책이었다. 비가 오든 눈이 오든, 불볕더위와 혹한이 찾아오든 무조건 나가야 했다. 집에서 열심히 놀아준들 산책은 비할 수 없는 반려견의 즐거움, 하루의 기다림이다. 우울함과 혼곤함 속에서 모카와 나를 연결한 목줄을 바짝 붙잡고 동네부터 먼 데 있는 공원까지 걸어 다녔다.

산책을 다니며 사계의 변화를 더욱 민감하게 느낄 수 있었다. 계절이 바뀔 때 알아챌 수 있는 특유의 계절 냄새, 꽃과 열매의 번성, 어느 공원의 그늘이 넓고 시원한지, 달갑지 않은 모기의 출

현 시기까지. 반려인이 되기 전엔 둔감했던 사계의 변화와 귀한 풍경을 모카와 함께 즐겼다. 산책을 다니며 우울감을 털어내고 반려인들과 소통도 늘었다. 그렇게 힘을 내 우물에서 빠져나온 나는 여름이를 잃고 다시 모카를 키우며 느낀 점을 찬찬히 기록하기 시작했다. 지난겨울이었다.

모카를 키우며 자주 입에 머무른 말은 '후회 없이'였다. 충분할 리 없지만, 충분히 사랑하고 추억을 쌓아야겠다고 말이다. 그래서 언젠가 우리가 헤어지는 날 가능한 덜 고통스럽고 덜 아프도록 '후회 없이' 키워주는 것. 그것이야말로 반려인으로서 나의 책임이자 사랑이라고 생각한다.

생후 2개월 차에 만난 모카는 이제 2살하고도 8개월의 강아지다. 강아지는 개의 새끼를 뜻하는 단어인데, 나이를 훌쩍 먹은 노견이라도 주인에게는 어린 강아지일 것이 분명하기에 글을 쓰는 내내 개라는 단어 대신 강아지라는 단어를 자주 사용했다.

2년 8개월 차의 모카와 마흔을 앞둔 나, 그리고 남편이 있다. 우리는 함께 나이 들고 있으며, 나이 듦이란 개와 사람 모두에게 죽음을 향해 걸어 나가는 성장 과정이다. 지금 이 순간에도 죽음을 향해 하루 더 다가간 우리의 삶은 언젠가 모카를 먼저 떠나보내야 하고 다시 펫로스 증후군을 앓게 될 가능성이 크다. 펫로스 증후군을 이겨내기 위해 시작한 반려생활의 마무리는 다시 펫로스일 수밖에 없다. 남편의 농담과 달리 우리 존재는 불사(不死)가 아니다.

펫로스(Pet loss)란 반려동물을 잃는 것이다. 사람보다 생이 짧은 반려동물이 먼저 하늘나라로 떠나 우리를 기다리는 일이다. 하지만 나는 이제 반려동물을 '잃는다'고 말하지 않으려 한다. 힘껏 사랑했던 반려동물을 먼저 떠나보냄은 잃는다의 Loss가 아니라 기억하는 리멤버 펫(Remember pet)이자, 마음속에서 영원히 아끼고 사랑하는 펫 러브(Pet love)가 분명하다. 그래서 반려동물을 먼저 떠나보내는 우리의 숙명이 해피엔딩이길 바란다.

모카와 바다 프로젝트

인스타그래머 모카

모카 댕친